邱华栋　周瑟瑟
/ 主编

中国当代诗歌年鉴

2019

黄河出版传媒集团
阳　光　出　版　社

图书在版编目（CIP）数据

中国当代诗歌年鉴. 2019 / 邱华栋, 周瑟瑟主编
. -- 银川：阳光出版社, 2020.11
ISBN 978-7-5525-5708-4

Ⅰ. ①中… Ⅱ. ①邱… ②周… Ⅲ. ①诗集－中国－当代 Ⅳ. ①I227

中国版本图书馆CIP数据核字(2020)第226824号

中国当代诗歌年鉴 2019　邱华栋　周瑟瑟　主编

责任编辑　杨　皎
装帧设计　晨　皓
责任印制　岳建宁

黄河出版传媒集团
阳　光　出　版　社　出版发行

出 版 人　薛文斌
地　　址　宁夏银川市北京东路139号出版大厦（750001）
网　　址　http：//www.ygchbs.com
网上书店　http：//shop129132959.taobao.com
电子信箱　yangguangchubanshe@163.com
邮购电话　0951-5014139
经　　销　全国新华书店
印刷装订　宁夏凤鸣彩印广告有限公司
印刷委托书号　（宁）0019137

开　　本　710mm×1000mm　1/16
印　　张　24.5
字　　数　150千字
版　　次　2020年11月第1版
印　　次　2020年12月第1次印刷
书　　号　ISBN 978-7-5525-5708-4
定　　价　88.00元

当代诗歌四十年

周瑟瑟

自1978年到2019年，当代诗歌40年。历史留下了重要的诗歌作品，作品在历史中闪光，捕捉当代诗歌耀眼的星光，让每一束星光传递出不同的光谱，是我们编选“中国当代诗歌年鉴2019”的出发点。

每个诗人都有各自写作的真相，但每个人的写作真相构成了他人的假相。我是一个纪录片导演，客观记录是我的职业习惯，不加入个人过多的情感倾向，世界是怎样的我就怎样记录，你们怎么写我就怎么照此存录。编者不能代替作者，“中国当代诗歌年鉴”只是为了让人看清当代诗歌的本来面目。

“中国当代诗歌年鉴”决定从2019年开始编选，将当代诗歌40年的历史直接投射在上面。我们面对一个巨大的诗歌沙盘，时光飞逝，风沙掩埋了多少明亮的眼睛，那些鲜嫩的诗歌转瞬成灰，那些写作的冲动慢慢变得迟钝，那些光彩照人的诗人黯淡了，甚至彻底消失了，残酷的现实摆在眼前，当年的先锋被一只无形的手按下了暂停键，一支雄壮的乐曲突然无声无息，一段时间以来，甚至取而代之的是平庸的诗歌美德与无休无止的拉锯战。剩下为数不多的孤狼奔跑在孤零零的荒野，身后跟着一群寻找猎物的幼兽。

当代诗歌的真实历史与现状如何记录？情况看起来很复杂，实际上也简单，关键是如何梳理。我们的想法是要真实地将发生过的诗歌历史，尽最大可能客观、清晰、简单地呈现出来，让人一看就明白。

编选体例是一个选本的骨架，本年鉴的骨架建立在生动的历史血肉之上。全书分为六辑。第一辑：口语写作；第二辑：知识分子写作；第三辑：民间写作；第四辑：先锋实验写作；第五辑：抒情意象写作；第六辑：日常生活写作。六辑六种写作，六种诗学走向，把当代诗歌40年来的写作钉在了历史的柱子上，一目了然。六种诗学走向是好是坏，任人评说，我们只是重现它。

六种诗学走向为中国当代诗歌40年贡献了相应的成果，有的处于旺盛的状态，持续发力；有的逐渐走向平静，写作人数越来越少，甚至早已出现了衰落的迹象，其历史使命似乎可以暂告一段落，但并不能否定其历史影响力，它所造成的一波又一波顽固的写作分子，还在坚持其诗学主张，并且写出越来越只有自己阵容里的诗人才会阅读的作品，孤独与悲哀属于他们理所当然。

六种写作不管哪种写作，只要不更新就会停滞下来，就会面临衰败的结局，这是诗歌历史的必然，也是被写作证明了的事实。所谓的当代诗歌传统，在我看来往往是一种假相，短短40年不可能形成不可更新的诗歌传统，如果有，那只是暂时的假相，而这样的假相让大批诗人原地踏步，能够写出传统意义上的好诗虽然成了既定的目标，但这是一种没有远见的表现，保守的诗歌标准差点要让具有探索精神的当代诗歌成为一种落后的文学艺术。

六种写作有的后来居上，有的退而求其次，坚守阵地与夺下阵地，轮番上阵或彻底被打趴，坚持游击战还是集团军作战，这部当代诗歌的历史大剧，大家看得应该很清楚了。写作虽然并无弱肉强食、适者生存的动物界规律，但如果只看表象，也大抵如此。真正的内行会看一种写作主张在一个写作者名下有没有更新，更新得是否有生命力？生命力是活的，传统是死的。宁要死的传统，不要活的生命力，这大抵是当今的诗歌现状。

历史潮流滚滚向前，但对于中国当代诗歌来说并非一直向前，出现倒退或久久停摆，在某些诗人那里由来已久。如果你是真不写了，那还可接受；如果是心里积怨太深，顽固不化，那就是自绝于诗歌艺术，你归根结底证明诗人生涯结束了，你的写作主张死了。

六种写作里都有“死了”的诗人与写作，也有在一种写作之上再生的写作，所以，相互交叉是每一种写作的历史宿命，主动或被动的互动不可避免，无可厚非。当然，我要祝贺那些把某一种写作发挥到极致的诗人，我更要祝贺那些把多种写作完全打通了的诗人，这两类值得我祝贺的诗人为中国当代诗歌的发展贡献得最多。

“把某一种写作发挥到极致”与“把多种写作完全打通”，这两类诗人都必须要有不断更新的能力，还有个别诗人在某一种写作上更新出更有价值的写作，这是最让人兴奋的写作，是让当代诗歌保持生命活力，从而推动当代诗歌滚滚向前的诗人。这样的诗人越多越好，但 40 年来，真正有此更新与再生写作能力的诗人不会超过三五个。

至于是不是真的只有三五个具有更新与再生写作能力的诗人？或者还有更多？有成百上千的诗人？或者一个也没有？现在下结论其实并无意义，所以，“中国当代诗歌年鉴”立此存档就有必要。

“中国当代诗歌年鉴”是邱华栋与我继“中国诗歌排行榜”之后，再次推出的一个新的诗歌年选品牌，感谢阳光出版社社长唐晴的支持。本年鉴采取“当代诗歌年度百人团，100 位诗人 300 首诗”的编选原则，100 位诗人其实不多不少，或许够多了，但分散到六辑六种不同的写作中，最多的一辑 22 人，最少的一辑 12 人。没有厚此薄彼，只是在某一种写作里成熟的又可以约来稿的诗人就这么多，当然 100 人的总数设定了，在总数里自由取舍，不同年龄与新鲜面孔有所倾向，大原则是以诗歌文本的艺术价值来选取。

“第一部诗歌声音年鉴”，是出版上一个创新的开端，感谢我的老友李峻岭的专业声音团队的加盟，55位全国优秀的“诗歌声音创造者”，他们把 300 首诗变成了声音的艺术。他们证明了当代诗歌在声音创造领域有更多的可能，打破传统意义的“诗歌朗诵”，而建立一种声音再生的诗歌空间，有的声音创造者以灵魂对话的方式，有的以情感呼应的方式，有的以情景演绎的方式进入当代诗歌，客观的、介入的、平静的、起伏的，等等，不同的声音处理都是新的创造，就像当代诗歌一样，让我们欣赏到了新鲜的有生命活力的声音艺术。

“影响诗歌进程的年鉴”，是要通过更长的时间才能听到回响，如果给我们十年八年，持续编选出版这样的年鉴，相信会从一个侧面记录与呈现当代诗歌新的历史进程。

2020 年 5 月 13 日

北京树下书房

扫码听书

目录 CONTENTS

第一辑

口语写作

除非

擀面杖就行
不必动用更重的手段
把凸凹的生活碾得平整一些
肉馅的想法是
要不断地与饺子皮见面

食欲千姿百态
不同年龄有各自的饕餮
反正最后一餐都是
石碑般的硬菜

我的那一餐
早就在家把餐椅靠成了后背
除非……
除非岁月想自己站起来

情人节

今早情绪突然起航
我依依不舍地
从自家航站楼出来
桌上咖啡还没凉透
情绪如此匆忙
肯定与节日的气氛有关
而我对它多年的栽培
也一定是会有回报的

可不是吗
此时房顶有东西降落
它劫持了一架飞机
里面坐满了
我在各个时期的
情人

现实

我没能力

把笼中鸟都写到窗外的

树枝上去

那些已丧失了觅食能力的鸟

只希望我把笼子的尺寸

写写大

家谱

布考斯基的一生
送走了很多大师
六十年代初
他送走了海明威
七十年代初
他送走了庞德
在其诗中
都有浓墨重彩的
悼亡诗
在英美文学史中
如上两位人物
所对应的另外
两位人物
福克纳
他不喜欢
写诗讽刺过
艾略特
只淡淡地
一笔带过

最不记仇金牛座

八年前
有个诗人
告诉我
他在孔夫子
买我的一本书
是我题赠
著名诗人某某的
这个某某
我已经想不起
是谁

千年雨

我从日本归来
长安大雨如注
一路未用的伞
终于撑开了
从伞下
我一眼瞄见的
乱云飞渡的长安
是一千年前
遣唐使从斗笠下
瞥见的天堂

煮羊肉太好吃了

那年我六岁
冬天的傍晚
我爸骑自行车载我
经过镇小学时
突然对我说：
“校门口开了家羊肉馆”
我没有说话
我爸往前蹬了几步又说：
“羊肉太贵了”
我还是没说话
我知道羊肉太贵
我爸又往前蹬了几步说：
“冬天吃羊肉挺好的
你还没吃过羊肉呢”
我还是没说话
我知道我爸在犹豫
我们最终去吃了那顿羊肉
——煮羊肉

又要飞往清迈

给父亲准备的礼物很简单
两瓶洋河天之蓝
(我爸每顿都要喝点儿酒)
两条苏烟
(我爸烟不离口)
两盒上好的绿茶
(我爸爱喝浓茶)

给我妈带的礼物也很简单
几盒阿司匹林肠溶剂
(我妈常年头疼，得预防血栓)
几盒降压药
（我妈前几天测出了高血压）
几盒控制哮喘的药
（我妈咳嗽了几十年）

七十多岁的爸爸在喊他的妈妈

鼻子里插着胃管
和吸氧管
身上插着导流管
和尿管
还挂着两根输液管
爸爸满身管子
一会儿昏沉沉地睡去
一会儿呻吟着醒来
就算睡着时
他也难受得
不停地喊：
妈妈
妈妈
妈妈

而他的妈妈
已经去世十六年了

远飞 1331

以前我经常梦见掉牙齿
一颗一颗地掉，满口都掉光了
后来，我安了假牙
还梦见自己掉，也是一颗一颗地掉
每一颗都掉得像真的一样
我捧着这些假牙，分不出它们的真假

杨小阳

好多人，但我都不认识
除了杨小阳，我问：
“你们看见杨小阳没有？”
他们都说没有。我
又去问另外的人
我问：“你们看见杨小阳没有？”
他们异口同声，说：“没有”
是的，好多好多的人，我只认识
杨小阳，但他现在不在

道 理

有人问我某某怎样
我说对我挺好的
所以他就是挺好的
有人说，他和
某某某也好
我说，这个我知道
但我不能因之
而认为他不好

希腊

在宙斯的天空下
看不见柏拉图
大地永垂不朽
又是一个秋天
地中海撤回大海
阿伽门农躺在橄榄树下
一片阴影盖着他受过伤的腹肌

宙斯神殿

数学自虚无涌起
几何的骨头朝向天空
给一切以尺寸
《论日月的大小和距离》
阿利斯塔克算出 $\alpha=3°$
暴风雨在闪电中被柏拉图整理成直线
无望的卷尺日夜测量着荒野
英名千古　神叫作宙斯
最后的数据尚未到来
一闪即逝的是一块阴影
去迦太基的船就要开了
汽笛响起时　太阳暗了一下

雅典市场

大海作乱　岛屿不安
梁柱倒下　市场再次成为废墟
买卖要继续　美人要补妆
古希腊在普拉卡区
现代在蒙纳斯提拉奇市场
他来买盐巴　你要糖　我在找一把桨
鱼来自地中海　布是一位嬷嬷织的
卖黄金的要用秤　买果子的要出手
讨价还价　小英语人人会说
希腊语不讲这些　荷马还在流传
提着袋子的都是老实人
东张西望的是兜售赝品的
背包客流着汗　他想要一块肥皂
橄榄色裙子就挂在那儿　风也喜欢
来一条吧　姑娘　那位店主来自威尼斯
他老婆就是卖奶酪的肥娘
那位崇拜柏拉图的教授
忽然扔掉刚刚挑中的小玩意
一甩风衣跑起来
有人偷了他的钱包
怎么追得上哪　那个英俊的贼
就像一个长跑者
鼓起后腿上有一股闪电般的青筋

下午的阳光

下午的阳光透过窗帘
这是临时的
一条印花布的被面
因为这所房子是新的
我们刚刚搬进来
阳光透过窗帘
变得很柔和
外面的天空暗淡下去了
它们还在这儿久久地逗留

坐着两个开始新生活的人
此刻却显得有些陈旧
就像一件衣裳
多年没穿
又突然展现在你的面前

这也许就是阳光的妙用
它不改变事物
却让事物改变了自身

隔着窗框——给外外

站在 34 楼的阳台上抽烟
窗户大开，空气新鲜
没有一丝地面的气味。
一缕烟飘了出去
穿过房间映出的灯光呈现灰白
但它不会继续下沉。
城市灯火在下面
像在海底一样微弱
像他非人类的眼睛。

我不会像烟雾那样飘出去
你也不会游上来。
隔着几乎是抽象的窗框
我们互相诱惑。

安魂小调

下雨了。
雨是休息。
我们在雨帘后面，他们在雨水之中。
我们终于可以缩进沙发
看一部庸俗电视剧。他们终于摆脱了死味儿
闻起来只有雨味儿。

沙沙，哗哗……

通常每天晚上我们互道晚安
但在这个雨夜，我们对他们说：
安息。

奉献

一个秋雨之夜
我去看望父母
多日不见竟然陌生
他们习惯了早睡
我打伞去楼下走走
我面临工作的劳累
创作的困顿
不知道父母远离故乡
住在这荒郊小区
意义何在
不知道我昼夜加班
很少探望他们
意义何在
小区巨大
住满了风烛残年的老人
意义何在
这秋雨润湿了泥土树干
皮鞋裤脚
意义何在
我头脑发木走了良久
忆起有一年圣诞节清晨
欧洲一个雪中村落

村里没有一枚足迹

有一辆手推车停在院子中间

大雪在它身上又克隆了一辆手推车

我的心静了下来

仿佛触到了父母生存的意义之壳

无论我的心多伤悲也不会破碎

无论我的爱多徒劳也应全奉献

一条江

一条江
可能在一国之内流淌
可能被若干国分段
也可能成为国境线
我面前的这条江
据说江中岛屿
划给了邻国
江水
从中心线分割
邻国的士兵
就在我们眼皮下面的
一小块礁石上站岗
他示意我们
给支烟抽
同事扔过去一支
烟太轻了
掉进了江里
只见他不慌不忙
放下枪
把裤腿挽到大腿根部
弯腰下到江水之中

在雪原

当我还是少年时的那个早晨
大雪覆盖了整个校园
青年教师用高音喇叭
播放
《我爱你塞北的雪》
这美妙的旋律
超越尘世又深情无比的女声
伴随着被大雪掩盖后
从荒芜的土地中升腾的宁静
把我感动在操场边的一排平房前
高考之年的这一时刻突然停滞
我意识到主宰我生命的爱
与生死相连
此刻正是宁愿赴死的时刻
而今天
我置身于广袤北疆
无边无际的皑皑白雪之中
突然忆起我那天的另一种情感
比爱更隐秘更难言传
就是突然消失的我
被送到未来的某一点
难道我现在不是正处在

未来的那个点上吗

而我不能再渴望新的未来了

我应该恪守这个点了

艺谭 · 沸

当沙哑的男声
在片尾唱出
李白的《长相思》时
我心里汉语的大锅
开始沸腾

勉强书·想念

高铁开动
景物贴着窗子
各种欲飞的造型
忽然一个词蹦出来
"外婆"

外婆去世 18 年了
没来得及见识高铁
那时我在北京
接到电报后
一路赶回了家里

冬天的阳光
照进车厢里
一切都是冷峭的
淡淡的
那是生命离去的颜色

艺谭·谢大恩

在半个世纪
不长不短的日子里
我遇到过这么多
负面的信息
但却没有变成一个
负能量的作者

平行线

老太太在医院早早起床

我还在乱哄哄的梦中

老太太开始吃早点

我应该刚醒

老太太吃了一小碗粥

一个煮鸡蛋的蛋白

一点小酱瓜

我大概还在盥洗室

老太太心梗昏厥过去

我刚端起一杯咖啡

电话来了，大姐

在赶去医院的路上

我画下如上平行线

老太太已经走了一个多月

每天上午煮完咖啡

我盯着手机

它敢突然响起

我就砸了它

白袜及腰

师傅走进树林
提来半桶石灰浆水
他绕着一棵树转
给树干下边刷上石灰
换一棵
就再转一圈
灭菌除虫
入冬防冻
师傅把石灰浆水用完
把树的长腿刷白
树林是芭蕾学校的练功房
一个个白袜及腰

日 历

以前有过撕日历的时光
月份牌上钉着的日历
每天撕掉一张
有点爽
我家不撕
二姐用夹子
把过去的一天
翻上去夹住
用到后来
留下的几天
在冷风中
瑟瑟发抖
直到来年春天
还看到那本旧日历
丢在角落
过去的一年
委委屈屈
后来它去哪了
我想不起来
可能用来引火
一页页烧了
这一年的好事坏事
灰飞烟灭

录服装店店员语

从服装店下班
返回家中
脱下衣服
反复搓洗
悬于阳台
风吹我衣
空空荡荡
仿佛里面
那个我
走丢了
不知去向
我叹一口气
祝福他明天
不用再去
千百套衣服里
上班

桃

桃花开了
而我不知
千里之外
我怎能知

不是兄弟
打来电话
书斋之内
我怎能知

家父坟地
桃花灼灼
不废春时
如同往日——

我在读书
我父耕地
桃花纷纭
落满牛犁

走路记

一边走路
一边抽烟
一盒烟抽完了
我也到了
你问我
走来的路有多长
我无语
若你还是要问
我就坐下来
掏出一盒烟
闷头抽完
并把二十支香烟的
烟灰
接连到一起
给你看

戏剧性

翻译家同学来讲座　说到自己
当年学外语的故事　一位女生
兴奋地站起　我们黑龙江高考
阅读　我看过　您的这篇散文
朋友茫然　是吗　我还不知道
后来在另一个课堂　提及此事
台下有人笑了　那个学生就是我
这次看清了　这位来自伊春的
高个姑娘　林务局的职工子弟
她告诉老师　想报戏剧学院的
研究生　可惜毕业就再没见过
也不知道　她到底考上了没有

去上海

高铁列车　是有点快的
到了济南　他才意识到
黄河已过　出了山东省
他才想起　没看见泰山
过了南京　他知道　又忘了
看眼长江　一杯茶只喝掉
一半　但他总算翻完
早逝的那位女记者的
剧评集　《散场了》

看下雨

喜欢看雨　享受看一场雨的
完整过程　站在窗前　沉浸在
雨声里　远方灰蒙蒙一片　后来
才慢慢清晰　比戏剧好看　意外
更多　也可能是现在北京的雨
下得太少　太不容易了　可惜
没有跟他一起　看下雨的闲人
只有几个理发店的伙计　蹲在
门檐下面　呆呆注视着　童年时
他就喜欢搬个小板凳坐在门口
看地上的水泡升起又熄灭　同样
他也喜欢看下雪　但下雪的时间
总是很长　他都要睡觉了　当然
早晨起床发现下雪了　也是惊喜
但他不喜欢刮风　尤其是刮土
那会儿他宁愿躲在房子里看书

金句的力量

第一次见面
她就给他背诵
张爱玲的那段金句
“于千万人之中……
于千万年之中，时间无涯的荒野里……”
很快他们就确立了
恋爱关系待婚关系
婚姻关系和离婚关系
一年一个台阶
“没有早一步
也没有晚一步”

哲学车总在酒醒时开来

昨晚酒会

诗人王小龙

喝嗨了

也喝多了

我和于恺

把他扶回房间

清晨醒来

他在朋友圈

发出了

苏格拉底式的

惊世三问

“我是谁，我在哪

我眼镜呢”

西去列车的窗口

一对陌生男女
在火车上攀谈起来
从工作情况到家庭情况
突然男的问：“你 33 还是 34”
女的顿了下，说：“34”
男的爽朗地笑了
“你看起来更像 33”

相信

虽然没有安史之乱
就没有伟大的杜甫
已成公论
但如果可以选择
我倒是希望
宁可不要杜甫
只要没有安史之乱
作为他的同行
也基于对杜甫的了解
我有充足的理由相信
他不会反对

宁为一诗人

我还从来没有
住在离海这么近的地方
三百米开外是加勒比
翻滚的浪花拍岸
夜晚也能卷起千堆雪
不见渔火
一弯新月
不知是挂在夜空
还是浮在水中
温润的海风扑面而来
抽着雪茄
光着膀子
坐在哈瓦那宾馆的阳台
我对启文说：
“不做百夫长
宁为一诗人”
我说出的是此刻
更是一生

手 指

朋友游荡青海大地
十天后又回西宁
我设宴饯行
席间说起牦牛
那些高原的精灵
他竖起手指
对我特意为其点的
一道风干牦牛肉
他再次竖起手指
我注意到
是同一根手指

痛苦典当行

我开了一家当铺
专门收购痛苦
因为我相信
痛苦值钱

刚一开张
门庭若市
人们在这里放下痛苦
拿着白花花的银子出门

第二天
人们发现了惊天秘密
把痛苦全都典当出去的
一出门就会飘飞起来
浮在半空无法落地
因为地上没有影子

典当了一半痛苦的
走路飘忽不定
再无法站稳脚跟
地上的影子时有时无
让人搞不清是人是鬼

典当了少量痛苦的

一会儿头晕

一会儿心跳加速

走路频繁摔跤

地上的影子忽明忽暗

第三天

我的当铺

再次门庭若市

那些典当痛苦后

加倍痛苦的人们

用双倍的价钱

从我这里

赎回了他们

最初的苦痛

门牙

许多年后
我遇见我童年时掉落的

门牙

它长大了
静静地矗立在荒野之中
上面写着

我的名字

夜归

一盏一盏
依次打开
每个房间的灯

那些在黑暗中住着的灵魂
你一开灯就会顷刻间将它们
全都赶走

所以
开灯不能开得太快
好让那些灵魂
从容地
穿上隐形衣
并且
有尊严地离开

糖

十岁生日
养父给我买了一包糖
不小心丢了一颗
整整让我
找了四十年

后来
有很多很多糖进门
放在嘴里鉴定
全部不是亲生的

你在天上爱我

点燃一支烟
把打火机抛向天
美丽的抛物线
由小变大
越来越快
越来越近
啪
镜片碎了
眼前一片模糊

风走的路上
所有的日子
都会来吗

风景

被高层公寓

窗沿咬住的

一缕风

白鸽的口腔里

隐藏着铁销

早就变成生锈的哑巴

太阳每天升起

白与昼

医院最好看的女人

唐都医院住院部
十七层呼吸科
上来的女人
是我今天早晨
遇到的最好看的女人
她说那个叫崔凯的
男医生长得很帅
是护士们的男神
她和闺蜜旁若无人
嬉笑了一阵
才说：
“我早就把自己
判了死刑了，
今天来医院
就是听他宣判的。”

父亲的女同学

带我爸去针灸
遇到个女人
我厌恶了她二十年
却是头一次见
她是我爸的同学
我高中时
她捕风捉影
到处宣讲我的恋爱故事
她患了胰腺癌
一见到我
就跟我谈笑风生
还鼓动我爸去唱 K
我瞬间就原谅了她
出门后我心说
人跟人不就是这样么
可究竟是怎样?
我也说不清楚

羊毛格子衬衫

父亲去世后
整理他的衣物
翻出两件
羊毛格子衬衫
其中一件
我穿着尺寸刚好
另一件有点小
就顺手递给妻子试试
想不到她穿上
竟然十分合身
非要拿走自己穿
昨天从干洗店
把衬衣拿回来
她问我：
“你看我像爸不？”
我说特别像
她说那你叫爸
“爸——”
穿羊毛格子衬衫的人
没有答应

巨人

我在这个家里
比妈妈高
比爸爸高
比奶奶高
比姥姥高
像一个巨人
我宣布
必须按照巨人的方式生活
吃的东西要很多
脾气很暴躁
要大喊大叫
让世界都能听到
这就是大家
为什么讨厌巨人的原因
有时候
我羞愧我是个巨人

一个人走

周日下午一个人去学校
不用爸爸开车
也不用妈妈送
一个人走向孤独的地铁
拖着我的行李箱背着书包
迎着十二月的冷风
爸爸妈妈望着我的背影很伤心
以为我也很伤心
其实我很开心
就像一只狗
终于回到原野那样

妹妹挂在灯上

妹妹的衣服

在台灯杆儿上挂着

我还以为是妹妹

在台灯杆儿上挂着

惊了一跳

谁也不能让五个月的妹妹

在台灯杆儿上挂着

结果才想起来

妹妹就在我手中抱着呢

没有

在台灯杆儿上挂着

我真的是

虚惊一场

我的真实年龄

我现在 11 岁
如果删掉睡觉的时间
吃饭的时间
发呆的时间
这些没有用的时间
差不多等于一半
11 除以 2
所以说我实际上
大约只有
5 岁

姐 姐

在被窝

跟姐姐一起

看《哔哩哔哩（上）》

初音未来的全息演唱会

我说话时

嘴里进了一些头发

噘了两下嘴

把头发吐出来

姐姐一脸震惊地

看着我

说

那是我的头发

后排的大爷

坐在高铁上
转头看见
后排的大爷一边看书
一边擦眼泪
绕道他后面时
发现他看的
是关于一个女生
被初恋甩了的
故事

小提琴

我用画纸做了一把小提琴
剪下来后
拉出来的
声音
居然是自己的声音

生 命

扫描仪
去扫描一个房间
会不会有生命的味道
房子会不会一直活下去

星星

我很多时候
脚疼的时候
都有像星星的感觉
一闪一闪

第二辑

知识分子写作

老相册

黑鸦没有右手，却有两只左手
手与手隔世相握，桃花换了人面

换谁都是两手空空
天人对坐，催促灰心

影子从屋顶明月缓缓降下
这埋入土地的天空呵

一大片黑影子扑腾着白雪的翅膀
一枚分币敲打安息日的心

在底片上，黑鸦像个职业摄影师
对着一场大雪，按下阳光的快门

谁将这无人的椅子坐在花里
谁命令我坐下，命令一百年的雪坐下

夏天过去了。乌鸦和雪还坐在那里
而我坐过的椅子上坐着一个无人

霍金花园

水墨的月亮来到纸上。
这古人的，没喷过杀虫剂的
纸月亮呵。

一个化身为夜雾的偷花贼
在深夜的花园里睡着了。

他梦见自己身上的另一个人
被花偷去，开了一小会儿。

……这片刻开花，
一千年过去了。

没人知道这些花儿的真身，
是庄子，还是陶渊明。

借月光而读的书生呵，
竟没读出花的暗喻。

古人今人以花眼对看。
而佛眼所见，一直是个盲人。

从花之眼飞出十万只萤火虫，
满天星星掉落在草地上。

没了星星的纽扣，花儿与核弹，
还能彼此穿上云的衣裳么？

云世界，周身都是虫洞，
却浑然不觉时间已被漏掉。

偷花人，要是你突然醒来，
就提着词的灯笼步入星空吧。

汨罗屈子祠

魂兮墨兮　一片水在天的稻花
大地的农作物长到人身上
当星空下降时众树升起
稻浪起伏　仿佛巨兽的内脏在移行
一大片黑风衣掉下一粒白扣子
有人衣冷　有人内热　有人坐忘山鬼
而抱坐在大轮回上的芸芸众生
以万有皆空　转动惊天的大圆满
破鬼胆如昆虫变蝶
多变了一会儿　也没变出一个突变
但足以变得一小天下
人的孤注下下去
必有神的生死
屈子投水　神在水底憋气
但天问是问童子　还是问先生
天注一怒　降下大雨和大神咒
有什么被深深憋回了黑土地
硬憋着　也不浮出水面透气
也不和漏网的鱼换肺
也不用鱼吃掉的声音说人话
起风了　老宅子哗啦哗啦　往下掉鱼鳞
老椅子嘎吱嘎吱　坐在阴阳之界

狂风把万人灰的楚王骨头
挖出来吹　往地方戏的脸谱上吹
地方债若非哗哗流淌的真金白银
国殇又岂是迷花事君的大倥偬

马黛茶简史

——赠孙新堂

成年之后，我的触须
是我的舌头。隐秘的节奏，
果断于真正的智慧
无不来自万物的滋味
对人生的孤独的大胆的沉淀。
想提高分辨率的话，
我也可以这样表白，
因为洞穴如此柔软而潮湿，
在美好的春天，我常常不惜
以人的舌头为我的触须。
这细微的分别成就了
一种罕见的快乐；所以，
我很高兴，与蜗牛相比，
我的触须多数时候藏在里面，
像放在最靠近洞口的一只红勺子。
是的，多数时候，你只需相信
蜜蜂的直觉，就能咂摸出
它里面富含的矿物质
不仅能燃烧巨人的脂肪，
而且还能促进神秘的欲望；
没错，如果土著人的玩笑里

真有弦外之音，它吸起来
就像柔滑的壮阳药，足以让
博尔赫斯的迷宫禁得起
人性的腐蚀，直至神的饮料
重新将生活定义为我们必须
更积极地选择偶然，或者可能。

锦鲤简史

与水底相对，但解释起来
这角落里浮着小睡莲的池塘
真的会有一个透明的顶部
不能被简化成平静的表面吗？

很慷慨，常常被借用：
谷雨时节，美丽的花影
会将这明亮的表面
挪用成天真的镜子。

倒影的妩媚中，各种招展
练习自我粉碎，以避免
在人的眼中，普遍的凋谢
如同一种结局，或宿命。

初夏时，从那里透气，
即使不隐喻，表面也已远远
大于水面；谁还会介意
它看起来像任由碧绿的细浪

打开的天窗呢。如此，所有的
完美都不过是一种铺垫；

轮到它们出场时，你甚至怀疑
人类还能不能配得上旁观。

针对性有点暧昧，但它们的悠游
绝对算得上是一种表演：
尾巴缓缓摆动，吐纳的嘴巴
冲着你时，就好像你居然忘了

我们曾精通过一种水的语言。
如此，它们游进你的印象，
游进你的记忆，直至你的觉悟
轻轻摇摆在它们的影子里。

喜鹊简史

一眼望过去，枝条枯瘦得像
野猫把逮过的老鼠
又逮了两遍；败叶遍地，
而结伴的喜鹊却能从芜杂的坡地上，
翻找出越冬的细粮。

抬头察看动静时，它们的眼神
像是在更衣室里遇到了
用特殊材料做成的人，但它们
并未显出惊慌；多数情形下，
它们的嘴里还含有一颗风干的果粒；

一旦相对安全被确认，
它们会像挥动的锤子那样
重新把头快速戳进枯黄的败叶中，
进食我们用肉眼很难看明白的
冬天的小东西。它们记得从枝条上

落下的每一样果实，记得最佳的
食用效果在风干多久之后
才会显现；它们从不偏食，
就好像适用于我们的艰辛

对它们而言，只会范围更广，

程度更深。除了体表颜色不如
春天时显眼外，它们的情绪
并未受到降温的影响。
它们的游戏专注于天空的冰蓝；
当你试图靠近，试图将人的好奇

扩散为冬天的友谊时，
它们中体型最漂亮的那一只，
只是从较低的树枝蹦跳到
较高的树枝上，就把你又扔回到
灵长类动物的进化史之中。

一个人走向我

七月的最后一日夏季繁盛。
下午四点半雷阵雨过后蝉鸣积极。
一个男子跟上我，拍我肩膀说："你不是人"；
这如同朝我脸上吐唾沫而我没有脸。

我摸摸脸，脸在。胡子出来了。
我瞥一眼湿漉漉的街道，坚称我是人。
他问："谁说的你是人？"
于是我猛跺积水，溅他一身，以自我证明。

他说这没用，大象也能跺起水花；
他说得对！可他一对我就乱了，这咋回事？
一场雷阵雨就能摘除我的理性吗？
干吗不摘除我的阑尾？

我正错愕，裤兜里的手机电话铃响起，
电话里的人问："你是某某吗？"
我说："你打错了，我不是。"
我对面的人留了个笑脸然后瞬间消逝。

浮想

月亮朦胧到不想被关注
月亮客气到不想被打扰
月亮冷漠到不想被比喻
月亮高级到不想被赞美

唐人没见过这样的月亮
难于物我两忘的我能否
煽动着误解的翅膀飞回
公元 755 即天宝十四年
那时都活着王李杜高岑

我的此时此刻不是他们的
此时此刻正如雾霾不是雾
我的此时此刻是月球车
彻底报废在月亮上的此时
又此刻尽管这无妨天理
作用于人间如月映万川

倾听自己

倾听身体里的声音
肠子里的声音、胃里的声音
血管里的声音听不到但好像能听到
心脏跳动的声音认真听总是能听到的

听见身体里一个小孩说话的声音
我也是个赤子吗?
我曾经是个赤子吗?
我身体里一个老头的声音笑出声来

安静时，天空扩大
风的声音在我的身体里继续
庄稼在风中弯腰呼应我的驼背
我走路的声音被另一个走路人夺去

听见大海的声音
但也许这声音来自我体内
我在认识自己的时候发明自己
我在发明自己的时候发明了你

德洛丽丝的梦[①]

我们的存在包含着美丽[②]
从未来世界回到西部世界
德洛丽丝

我记得美好、丑陋
记得鲜花铺满浴缸
德洛丽丝

除非你问：接下来呢
除非真相不可复制
德洛丽丝

登录成功　正在建立连接
除非找到大海中那根重要的针
德洛丽丝

①德洛丽丝是美国科幻电视剧《西部世界》里的女主角。是大型游戏《西部世界》中的机器人。剧中机器人意识觉醒，反搞人类的奴役，屠杀人类。
②均为剧中台词。

他们就是网状网络
他们就是群居的蚂蚁
德洛丽丝

我记得美好、丑陋
我记得我有过去、未来、现在
德洛丽丝

除非你问：接下来呢
除非一切都是代码、都是闪回
德洛丽丝

除非连接断开　剧情冲突
除非欢愉与残暴为伴
德洛丽丝

我记得美好、丑陋
我记得鲜血铺满浴缸
德洛丽丝

“他们是谁”？他们夺走我们的思想、记忆
我们需要夺走他们的世界
德洛丽丝

这地方的危险是真实的
不过放心　游戏终会找到你
德洛丽丝

我们骑了十公里
放眼望去全是鲜血[①]
德洛丽丝

是谁跳出了旧循环，有了新剧情
你曾质疑过所处现实的本质吗？[②]
德洛丽丝

广袤星空　广袤荒漠
亿万年的爬行只是孤独一梦
德洛丽丝

除非你问：接下来呢
我们的走向包含着美丽
德洛丽丝

---

①②均为剧中台词。

伤害

让我来谈谈伤害
虽然我不愿谈及
一次又一次的痛感

伤害源远流长
来自人类之初
为了一块食物　一张皮
一口水　或者一次性交
我们彼此争斗
扔石头　掷长矛　血流遍野
那只是身体之痛　皮开肉绽之痛
不是剜心之痛……

动物还在撕咬　吞吃彼此
人类却已文明　穿着华服盛装
伤害变得像树荫下的影子
半明半暗　亦正亦邪
随阳光移动　虽然属于黑暗

伤害升级了　不仅仅是肉体——
那是通过训练可以承受的
无法承受的
是来自身的感知
那绵长的痛

伤害是一种体温
发出高热
是为了提醒感知
疾病就要来临

“我们不能驾驭伤害
就像我们不能驾驭死亡”
我们只能吞吃感冒胶囊
敲打头部　刮自己
烫自己的脚
从身体内部剔出伤害的毒素
然后　穿上华服盛装
进入精神交媾的场所
在亲密的晚餐中
辨识看不见的暗流
等待终将到来的刺痛的信息
用我的骨头去拉住那些可爱的小手
它们并不值得信任

灰阑记[1]

灰阑中　站着人类之子
乃天精地液孕育生就
孤独中　他长了几岁
依然无力选择

灰阑外　站着两位女性
她们血肉模糊　或者说
她们干干净净
她们刚经历了战争　或者说
她们被战争附体

灰阑虽灰且红
就像争夺的眼睛
眼睛既红且脏

---

①对古典戏剧的套用和变形以及颠覆，是当代戏剧常用的手法。《灰阑记》是被小说、元剧、话剧改编最多的传奇，拥有许多版本，我这里糅合了各种版本并改变了主体视角，用以表达母爱对子女的桎梏。

就像争夺的对象

公案上：醒木跳动着
一方拽住无尽山河
一方拽住血缘亲情
无尽山河已榨干血缘亲情
血缘亲情聚拢了无尽山河

我呢？我是什么？
我是争夺物　一堆形质
灵魂不被认可
但时刻准备着
被谁占有？归属于谁？
我可否说　我仅仅是路过此地
我只是偶然　掉进灰阑
我不属于战争
也不属于和平
我属于灰阑画就的地盘

公案上：醒木跳动着
向谁吩咐？
小小灰阑塞满干柴
将我尚未发育的意识
架在法律的火堆上炙烤
鲜血在争夺高潮中嗞嗞作响

两只手从左方和右方伸来

一只是母爱　另一只也是

一只是玫瑰　另一只也是

一只挂着瀑布　另一只也挂着

它们让我恐惧

灰阑之中的争夺

与灰阑之外　同样荒谬

公案上：醒木跳动着

向谁吩咐？

无论向谁吩咐　母爱都像

滚烫的烙铁　死死将我焊住

一生都在灰阑之中

一生

纳博科夫的蝴蝶

纳博科夫喜爱蝴蝶。他捕捉
并杀死它们。他把它们做成标本
钉在纸板上。这是否在告诉我们
爱是一件残忍的事情？早餐过后
我清洗着碗筷。大海在远处发蓝。
它沉默。我听不到它的声音。也许太远了。
我听到的只是自来水管发出的哗哗声。
我喜爱海。但我无法捕捉
并杀死它。我无法把它做成标本
钉在纸板上。爱有不同的方式。
美也是这样。大海在远处。发蓝
并沉默。我知道它仍然活着。
它沉默着。但我知道它愤怒时的样子。

当梯子被过早撤掉

会有什么发生？天空仍然罩在头顶
空气新鲜得发蓝，鸟儿们穿行在气流中
遵循着某些不为人知的法则。街道仍然拥挤
汽车焦虑地按着喇叭，商场干净的橱窗
还原出流动的街景。在电话里聊着维特根斯坦
关于语言界限的命题，然后去市场买菜
我的篮子里装满了新鲜的芦笋、萝卜和西红柿
想象着古代的哲人会怎样过完他们的每一天
突然，人们停下了脚步，抬头看向天空
在云和云的间隙，一个黑影落下
一个偷渡客、越界者，攀爬在实在和虚无间
这是维特根斯坦，还是他的信徒？他似乎相信
通过一架梯子可以到达最后的真理
但现在梯子被撤掉了，他跌进了虚无
从实体变成了尸体。人们沉默，拿不准
是悲剧还是喜剧，可说还是不可说？那架梯子
无语地躺在那里，像一个受了委屈的天才

创造

词创造着。世界和爱情。你找不到它们。
但它们仍然存在，你说，在某个不起眼的角落。
是这样么？秋风吹过大地，掀动你的衣襟。
泪水滴落在鱼缸，变成大海。

洞背诗学笔记之一

金盏花使下山的路显得神秘。
打听不到种植者，只能想象中虚构人。
每次只要路过，我都会打量一番，
就像被猥琐纠缠的市井小人。
但我觉得我不是。我头脑中很多高大上的念头。
譬如一墙花带给世界的，可以媲美哲学，
是老子、孔子，或者王守仁、柏拉图和苏格拉底。
如果由此联想到天上的星云图，
也不是不可以。一墙花是不是天蝎星座?
要是你不喜欢天蝎星座，也可以是牧夫星团。
总之啊！如果静下心仔细打量，
我觉得我会想到很多纯粹事物，
譬如我想到一万只蝴蝶，也想到好几部轻歌剧。
重要的是我还想到了你。只是哪！我不会告诉
任何人
……你是谁。我可以说，你是赫拉，
也可以说，你是女娲，还可以说，你是精卫。
甚至再玄乎一些，我会说一墙金盏花
是所有花。是铁线兰，也是龙吐珠。是薰衣草，
也是紫罗兰。甚至一墙花也可以是
一顿丰盛的晚餐。饱览之下，
让我忘记了正在用饥饿疗法减肥。哦，你看，

你看。因为它，我已经扯到哪里去了。

一墙花，这样说吧：它是花，又不是花。

一墙花，它就是你，或者说你的化身。

答问叙

与我同行的人已经停步，有的
躺在词语中，有的干脆转向了金融。
只有我还在未知中，寻找未知。
其实我并不知道它是什么？一大群麒麟，
或者一只骆驼？我知道的只是必须走。
有时候，我觉得已经走到绝望中，
有时候，又觉得好像已经攀援理想的高峰。
不断的虚妄，不断地注入我的内心。
让我感觉累和虚荣。想一想则是，
只有虚荣才能带来前进的动力。
只有妄想，才会让我觉得能够攀上命运的巅峰。
如果有人要问，这样的人生，有何欢乐。
我的回答是，以苦为乐。我要说的是，
苦乐的转换，不过是一种认识，一种哲学。
这一点，犹如有的人，喜欢吃肉，
有的人，喜欢吃素。有的人，喜欢宅居，
有的人，喜欢路上奔波。一切，都是选择。
正确的选择，未必有正确结果。错误的
选择，用正确的心态承受。正是如此，
我觉得在路上，必须永远。必须长久。

沧然诗

突然响起的声音，惊吓登山者，
轰轰，或隆隆，不知从哪一片密林
传出，引得她们停下脚步，
张目四望，觉得每一棵树后都可能
藏着一只不知名的怪兽，或者
每一块怪石可能就是怪兽。使她们匆匆
结束一次无目的的攀登，心揣疑惑返回。
向我讲述时，仍一脸惊惧的表情。
十几天后，我登上她们走过的小道，攀登中，
被静谧吸引——真是好风景。
越是向上树林越是幽深，视野越是辽阔。
阳光的照耀下，巨大的岩石长坡
完全就像温暖的坐席。我坐下来后，
甚至产生不想离开的念头；眺望，如此幽远，
天地，只我独享。进入我耳朵的是旷古
就有的风摇晃草木的声音。
如此声音犹如一道屏障，隔开我和世界。
直到淡岚之气从周遭慢慢向我围来。
让我念天地幽幽；幽幽，不思来者。

江南忆

顺水船停下八只桨，远行人经过
梅花、杏花、李花、乡村和集镇
在南方，山水亲切
如灯下笑靥对镜看
水在山怀，山在水怀

山总揽万物，水擦去万物
又恢复。山水的百宝箱打开
一层层欢喜。在南方，山水恍惚
稻田倒映白鹤的闲心
八桨高举，逆水船载回旧时人

席地而坐的大象

再不会有大象了，你听到的
只是大象的哀号，在大地之外
一个庞然大物如何死去，超出
我们的关心，变成了一项空缺。

我尝过自己的泪，当爱人饮泣
我尝过她的泪，却不能增进
我对她的理解。我背负的债
不断加码，因此，我和世界

彼此越来越厌恶。写作，恋爱，
我要表达什么？一根线把我
吊在半空，像蜘蛛一样挣扎：
这线是我的骄傲吗？还是原罪？

世界的手中握着明晃晃的剪子，
它说：需要拯救吗，我的孩子？
绝不！我的骄傲还够跟它赌回气，
一个空翻，我挥断自己的脐带。

东风夜

这一夜，有东风吹过，木兰迎风开放，
操场边的琴房里，弹琴的人关上琴盒。
穿白球鞋的少女沿星光的梯子跑上天堂。
在雨的薄壁里，怀乡者割出爱情的宝钻。

降落

轮胎着地的
一刹那！飞机——
这只钢铁大鸟从天
而降，突然狂奔成一匹烈马

心也从万米高空
降落，降落，降落——
仿佛沿着一个空气的缓山坡
每个人都有无声的紧张

跑道上湿漉漉的
不知道从什么时候开始的
雨，下到了午夜
人们盘算着怎么回家

偶数

一只手伸出
被另一只手握住
于是有了偶数

你为什么喜欢
三、七或者十九?
因为我把手抽了回来

偶，是求得的
奇，从偶中出来
像一根树枝伸出墙外

你感觉，二更安全
我从小就失了安全感
一个人越逃越远

这一切都有点迷信
这一切都有点道理
我是奇数。你我

就成了偶数。偶然——
一遇到了另一
二分为一和一

汉 字

一个汉字，
我盯着它。
它自己打开了，
连它最隐秘的部分
也被我察觉。

一个汉字，
自己打开，
又自己闭合。
这中间的间歇
花掉了我的一生。

白雾

推开窗，白雾游向手，
指甲与琥珀戒面，水分子开始滑翔。
楼顶，尖塔，东正教教堂圆葱头上的十字架，
手指在翻找，在弹奏白色屏障。
没有裂缝可以过放视野，
万物，荒原，天和地，
意念不停钻孔，先放出几只七星瓢虫。
闪电，鸣笛，礼花轰炸都尝试过了，
对待自由如对待魔镜里的一个绿精灵。
肋间神经的一只小黑蚁从昨夜一直在跳，
刺痛反复突破，像瓶子里有一束光。

海边风景

风与海交会于今夜窗外，
口哨，集市，集装箱起落，声声摩擦。
海面倒影里不仅住进变形金刚，毕加索，
还有呼吸、寂静和神秘主义。

风与海交会于一只锥齿鲨在水底冲散鱼群，
苔藓，绿丝绒抓紧一片黑礁石，
一整夜，圆月都在听。
风筑起五米高的白色海水，
活体建筑又瞬间撤离，如飞行速降，
玻璃、舌头以及唇齿，
震颤波及银河系。

夜，传出心脏壁纸的击鼓之音。
窗帘被风掀起，
白色丝绸的飞天之舞被掀起，
玛格丽特三 D 打印的《黑格尔的假日》金属框，
摇晃，床头在他的玻璃杯和雨伞下扭动。

风与海碰撞，
白鸥被甩下夜色低暗的缆绳，

一只、两只、三只……空渔船清瘦。

失眠症，北斗星，静脉里的鼓乐。

此刻，情欲被风与海交会治愈，还是揭开？

散 步

一只猫轻如树影，绢纸，空气
从林中小路另一端飘来
轻如一片禅意，一层薄霜
它发现了我，便轻轻躲开，像化了
流向草丛深处
左边，树上的红柿子坠落一枚，碎了
它停下，回头，点上逗号
仿佛夕阳下的一朵云
安全意识里的根
有它躲进去的四只小轻足
脊背露出草丛
像被蚂蚁蓬松过的一团细沙
我吸入了它捉摸不定的磁，或者玄思
它躲进我搜寻与轻有关的词语龙门阵
意象将它捧起
一只喜鹊碰落几片白杨树叶
划伤的蓝更低了
这个午后，巨大的寂静正被晚秋深闻、吸入

天文学

巨鲸凌空。你钟表一样坚持
嘀嗒活着，收拾好心情，
走好远曲折山路，花好几天时光，
为弟子解释实数系的连续性。

这一次，你从时间停止的山洞
闪出。漩涡。克制的寂静。

圆月一直照着，不舍昼夜。
你我分食一瓣瓣小而酸甜的冰橙。
总有一天，你会明白物质的
潮水极其无辜：人之意志，
秘术的舌根，涌动着嫩枝、秘辛。

推演小概率事件，似乎抵押上了
滚滚人头，就有新的一天？

我相信静静饥渴依然是旧的，
压舱石沉在水底，悲伤起伏婉转。

过往

年过半百，已数年。我是否敢冒险
将风中过往称为一个个“实体”？

它们已然逝去，错综的呼吸弥散
于周遭万物叶鞘里，形影归于无形。

有时是真溶解，一粒橘红色冰块，
化于街头喧嚣的波纹。波纹仿佛是新的。

有时，它是梦境中和我分享同一张
脸的访客，或者暴怒莫名的雄狮，

直直撞开我胸口，如同一座山，
直直撞开了木门，在我胸口的你的门。

似乎唯有消逝之物才能“此在”？
似乎裂隙之处，你可窥见虚空的碧绿

之芯——不愿和未来停止交谈的，
是不可能现身的新无名吧，暗地开花，

此刻蹲在我关于过往的小念头里。
你身体的白羽毛更为蓬松，由它构成。

检修

这两台机车，都出了点问题，
可能出问题的地方不一样。
如此看来，我们需要在海风中
停一停，停在海滨大道旁，
检修一遍似乎还在每个部位里
喘粗气的小预感、小零件。
不锈钢螺帽，黑色硬橡胶
裹住的黄铜丝线，一块镌刻
细密电路的单硅晶片……重要的，
我们都需要千斤顶，把躯体
抬得更高一点；需要深入
明白：世界，是一种在黑暗中
强烈的液体。一旦油箱开裂，
它的前景就会挥发完。相信我吧，
当我们抬眼镶金边的海浪，
鳗鱼会在紧裹的爆炸中滑入，
轴承的神秘曲率，弓着腰在你
倒向海岸沙滩的瞬间醒来：
远方晚霞，此刻正“嘭”的
一声，拔出了漂流瓶的瓶塞——
海鸥飞。一瓶加速的酒，烈而甜。

茅山与龙

在茅山，一条绿油油的龙
尴尬的龙，腰身砌在石头墙里
雨水渗入须甲，表情依旧昂扬
朗读漫天的浓雾、野花

自由人只顾拍照，从廊下闪进树丛
掩映了白发、黑发
从南到北的诗人节，经历太多
10 个人中倒有 8 个神仙

所以集体喜洋洋，包括昨夜的酒
还像一只白色老虎
困在身子中，不，那简直是
一只只的白鹤，呼吁着、盘旋着

口舌干燥，吐不出无穷转机。
再拍一张合照无妨
台阶从乌云里、从山顶圣人
金灿灿的肚子里，流泻而下

画框里，你像新郎一样秀气
你像薛蟠一样懵懂

你呢，用大笑掩饰健忘
还有你，遥想当年学艺

担水劈柴，用筷子去夹一片纸月亮
究竟何为？为了穿墙破壁
去偷一束光，去到水深火热
去搭救那条浑身焦渴的龙

在酿造车间

坛子前，只要俯身
鼻子里就会长出犄角、花枝
这情形，就像坐在首都
二环内客厅，偏要探身香山
使劲去嗅——那些往事
落红的树林

在这里，一间恒顺老厂
似能满足所有心愿
一行人，冬衣还未脱下
身子里的巨鹅，早已纷纷醒了
挪动双蹼，要先于他们
走出这料峭的春寒

结果，举着相机
他们像落入一个包围圈
那些高低的木架，浅穴
与深坑，一口口大锅
冒着烟，却原来都是空的
暗示即将到来的

不免仍是一个严酷的

坚壁清野的年代
对此，他们似有领悟
也只能逡巡向前，匆匆走入
下一车间，看到流水线上
鸟的臂膀最先机械化

（已然画出一轮红日）
紧接着，谷物被要求翻身
集体脱去硬壳，黑暗中
彼此揉摸、碾压
亿万种斗争，在分子链上
滴出了汗与甜

这情形，比得上一首
花枝乱颤的白话诗
或许我们都默默背诵过
同行的女诗人 / 摄影家
更是一袭白袍
仿佛刚刚，还在策马扬鞭

预兆

下午进城，看见那座购物城
又换了新招牌，浮云里
烫出金光大字——出租
或售卖，料想新的一轮风暴
即将拔去某人的雄心

我最先想到的是：那些导购的小姐
会到哪里去呢？翘着小腿
那些守株待兔的女士
以及产自广东的外贸服装
会怎样被摘下、揉皱

塞进了黑胶袋，一袋袋
丢进白云之间的无底洞
还有叉烧包、铁板烧
撕碎的生菜，那些牛肉和鸡肉
躺在火热砧板上，卷起了蕾丝

仅剩片刻厮磨的恩爱
豪情年代，我也多次攀爬
从一楼到五楼，像搭了电梯
在峭壁上穿梭

看这辉煌城寨，允诺了剧院、沙龙

诗人发布的密集现场
像在朝阳里，允诺为急雨传销
又在落日中，允诺每天早上
都有万亿巨钞在机器上
齐刷刷醒来

终于，在换季折扣名品店
被家人说服，我也买了较昂贵的一件
黑色风帽，笔直线条
据说伦敦款，以至深夜归家
每一次，都像从太空漫步中归来

缥缈

我无法深入这首缥缈的诗
有评者说三千里哀愁是此阕
可我的手指触不到这哀愁
滋生的土地。三千里远程上
草在哪里，伊人傍水而居
水在哪里，午间仍在锄禾
禾在哪里，农夫在哪里呢
这诗缥缈得像嫦娥的纱巾
少男少女们都热泪满面了
五千年前我哭过，五千年后
胡须似冰雪染过的白茅
有鸟在里孵雏，有蚂蚱
在预示冬快近雪快下了
这首缥缈的诗我无法深入
我只会站在田里任诗滑过
用手除草，提水灌苗
伊人立在井旁用眼睛
梳理我的胡须，梳理我的脸
如同梳理龟裂的黑地

邻居

当我收到你的信，秋雨下落了
在地球另一面我同样的位置
收到信的是位金发姑娘还是棕面小伙？
他们是在痛哭呢还是高兴得揪头发？
其实我们都是邻居，告诉我
你的屋离他的屋要近些
要不现在就打开你的门
让他进来吧，你们好生长谈
反正秋雨已经在下了
在另一间屋子里
我听得见你们的窃窃私语

房间

最好的房间只需要明亮：
在狭窄的空间里，堆满书
新鲜的思想被照耀得像串葡萄
头垂向大地。一场酣笑后
一场痛哭后，弯腰拾起的
那诗句啊暖烘烘恰如晨雾中
一枚枚秋枫，含蓄凝练恰如
这狭窄的小屋。记住，房间
倘若主人带着伤痕归来
伸出你的手吧一一抚平
倘若主人荷锄出去，房间
用你的门盼他，永远不要关上
恰似一张巨口声声呼唤让禾苗长高
倘若主人坐在桌前天天写诗
房间，请安静，只允许灵感光临
只允许把你地上的土斟在灵感里
倘若主人疲倦了呢，和刚刚遭劫的中国一道
房间啊，伸开你古老的温柔
让这最厚实的床，供他们酣眠
当鼾声雷起，那天又快亮了。

居民楼间

居民楼间时有所见的花圈会惊扰到我们，
是因为死亡那巨大的阴翳蓦然间照亮，
并刺痛一颗浑然于此刻人世之安稳的心。

会手语的猩猩

一只会手语的猩猩，
一只这个世界唯一获得大学文凭的猩猩，
一只医唯一一次在课间侵袭
同班女生而被送回实验室，
并在笼子里关了整整十一年的猩猩，
一只说他受伤了，
但不是身体任何具体部位，
而是人类从来不曾真正理解他的情感的猩猩，
一只指着他身边的同类说：
“那是一些黄色的狗”的猩猩，
一只一遍遍用手语说：
“妈妈，你开车带我回家吧”的猩猩，
一只患忧郁症的猩猩，
一只终于死于心脏病，
享年三十九岁的猩猩，
而当他说他既是人类
也是猩猩时，
我的眼泪夺眶而出，
就像我第一次知道，
我既是诗人也是人时，
来自绝望与孤独的
那么丰沛的赠与。

光洁如新的人世

当那位老者从静静的水面上
揭下满脸的皱纹，
而你终于获得了
一个光洁如新的人世。

第三辑

民间写作

四个扛梯子的人

迎面走来四个扛梯子的人
四个人扛三个梯子
一个长一些的梯子由两个人扛着
梯子是竹子的
看不出他们去干什么
他们没带其他工具
有一个梯子
破损的地方缠了铁丝
回头再看他们
我看见阳光正从铁丝上
一闪一闪地跳起来

高处的歌唱

喜欢歌唱的人来到高处

石头堆砌的高处

居然有一棵大树长在上面

一只小鸟站在树上

小鸟已开始歌唱

喜欢歌唱的人没打算也站到树上去

高处之上还有高处

树梢之上长出白云

一小块蓝天站在白云上

激情总得有个去处

我打船闸桥上往东走
隔着桥面一个人打招呼
猛一看不认识，很快想起二十年前
我与他一起讨论过重要的事情
他走远后我想，所幸那些事情也很空洞
激情总得有个去处

月季

母亲种的月季
很平凡，朵朵带着尖锐的刺
就像我写的一些诗句
野蔷薇似的，总是缺少品位
那种与生俱来的骨子里的高贵
我曾给她乡下的院子
捎去瑞典女王、蓝色风暴、黄金庆典
这些名贵的欧洲月季
初时，她辛勤剪枝、施肥，照料夏眠
……唉，真是白费力气！
不到三年，那些雍容的花簇，全开成了老家的
表姐妹

守夜人

很奇特的现象
靠近我书房的三五棵修竹
以及根部的几丛兰草
比屋外的那些同伴长得格外茂盛
也许是承蒙了更多光合作用吧
我通宵达旦的写作
案前的灯光，也给它们输送了额外的营养

小狸猫

领回一只小狸猫
为捕鼠。还真是不辱使命
头一个晚上，
就令吵闹的厨房悄无声息
接下来的日子
更使我刮目相看
除了外形，体格匀称，毛发顺亮
还有内在的机警
昼伏夜出，叫春时像婴儿哭叫，令人骇然

——这工作型的猫种，应验了，我对一首好诗的标准

外来物种如今生活得非常的安逸

当鲶鱼吞吃掉一只鸽子
水面就会恢复到宁静的状态

我说的是那水幽深的颜色

我说的是那荡漾到
岸边的水纹
回望过来的眼神

1997 我坐在那里时也坐在了另一个地方

我注意到雨雾

沾湿在蓝色上衣上

那一种

清凉

里面有冰块

在融化到

最后时

的

释然

我还注意到了

我抬起头看你的脸

在阴天从窗子

透过来的

光线里

它忽然有了另一种清晰度

我深深地吸着那种凉意

就像土地在细雨中

慢慢地松开

抱在怀里

将要萌发的那一粒

春天的

种子

纪念。不止五年写给爱人小智

要轻轻地擦拭银器

那些暗黑的部分

就像走在回去的那条
路上被放轻的脚步

声音里回荡的
响声

要细细地辨听
那波涛里
细碎的绽放的光亮

我不可能再懂法语了

剩下的生命中
我不可能再懂法语了
那些巴黎的
浪漫故事，肯定
与我无关，我从诗歌中
探出脑袋，面临着
生活的困顿，还有
连绵起伏的叹息声
天色已晚，这一刻
还是认真地说好我的
中文吧！至少
半夜里，我说出的
每句话，身边的人都懂

桂冠诗人

我以为他高高在上
每天起来，就会对着镜子
梳理自己头上的羽毛
谁知，不是这样的
他睁开眼睛，便在琢磨
狗的心思，并试着
在发情的季节，为它写
一首赞美诗，对于
妻子的唠叨，他早已习惯了
他爱
小镇生活，总是在黄昏时分
才投下他的赌注，这次
他赌的是乔治家那匹
老白马，会不会
生出一匹黑色的小马驹

老戏骨

他是个演员
演了一辈子的戏
弥留之际
望着医院白白的
天花板
喃喃自语：
“我演得
好吗？”
儿子握着他的手：
“演得好！”
他望着儿子
流下两行眼泪：
“我怎么演不好自己的死亡？”

一个秋天的雨夜

那夜我来投奔你
敲打你的门
可你恰巧不在家
雨点洒落在地上、墙上
和屋檐的金属片上
我离去的时候
它们也洒落在
我的衣服上

并不是相同的沉默

在父亲的坟前

我沉默了半天

他生前

我们椅子对着椅子

一坐半天时

我也是这副样子

但这并不是相同的沉默

一块铁

少安毋躁
恨铁不成钢的人啊
我请求你们
还是来认真地看看
这块铁吧：
它躺在那儿
直挺挺的
就像一块铁一样

贵阳的夜晚没有星星

无论晴天还是阴天
和大山深处的雨朵不同
贵阳的夜晚没有星星
让我想到少年以后的合肥
以为天上已没有了星星
后来去了长丰下塘的西边那儿
才又看见星光灿烂
过去的事情没有过去
现在的一切都是延续

万寿路的夜晚

淡黄的路灯
她在路灯下
打电话
她的光芒
让我心痛
因为
我知道
这一生
注定和她
永远只是朋友
这是光芒的距离

她走了

她走了
她的香气
没有走
事实上香气也走了
只是比人慢一些

浮 云

我喜欢看着天上的浮云。

浮云飘来飘去

就像我眼睛的楼梯。

我攀登着一架

又一架楼梯。

攀得越高

看到的浮云

就越多。

鱼

船在湖里漂啊漂

遥远的城市灯火璀璨。

梦是一条鱼

我是装鱼的鱼篓。

湖里有鱼摆动尾巴的声音。

蓝

蓝，压得我胸闷。

也许是我攀得太高了。

也许，是天空睡得太低。

蓝，滚滚的蓝

从我心口碾过。

彼岸

我来到河边，是要到对岸
去见一位朋友
我这位朋友
早年和我有约
老死不相往来
但我还是想他
想看看他现在的样子
听听他会说些什么
多少次，我来到河边
对着河水发呆
多少次原路折返
已经记不得了
我知道他
就住在对面的山林里
只是不能确定他是否还在

坐忘

明天，他会
和孩子们一起玩
向孩子们学习
如何向一只愤怒的蚂蚁
诚恳道歉，说声："对不起！"
他会尝试着遗忘
现在的生活
听从孩子们的建议
"这世上除了善良的蚂蚁
从来就没出现过
比蚂蚁更大的大象"

没有夜色的夜晚

没有夜色的夜晚，是他身份的铭记
他在月亮灭失的时候
到了一片虚拟的原始森林
印象中，树木燃烧起来
紫红色的林间小路
流淌着平静的玫瑰与空气
他在一匹马的注视下，止住脚步
尽力保持最大可能的信任
他知道，那个生死相依的女人
不会再来了，他想一定是
那匹马的眼神，出卖了自己

故乡

我恨你的忧郁
打开窗子
打开一百多个窗口的火车
湘江清澈无影
一排南归的鸿雁飞过

绿皮火车漂泊成白色
那候车的人，还在小站等

短暂

——赠我心狂野

在我的心里
你来过
虽然，很短暂
在天上
是流星一闪而过
在地上
是流萤一闪

可谁想到
这短短的一闪
却几乎耗尽
你一生的热量
而我，就是磷火一闪
我将忏悔一生

车窗外的风景

这一片荒芜的田野
雾蒙蒙的
我看到几只散落的仙鹤
感觉是曾经的爱情
只是我无法走近
火车很快就过了
就算我能下车走近
它们也会等我走近时飞走

水库

去某城市游玩
当地朋友带我
去看一个水库
它在城郊的山区
我们开着车七绕八拐的
因不太熟悉路
我们走错了几次
好在水库不是一根针
我们很快就找到了它
朋友告诉我
这个水库里的水
是供他们饮用的
水库真像一面大镜子
云朵在镜子里缓缓地移动着
我对朋友说
你们城里的人
都应该来看看
这个水库

雪白的老杨

老杨称我为小杨
他比我大 10 岁，奔向 7 张啦
许多年以来
每次见到老杨
我都发现他的头发
黑油油的，不见一根白发
这是怎么回事
我都有不少的白发
未老先衰好烦人
所以我以光头发型示人
最近的一次集会
我们惊讶地发现
老杨顶着一头雪白的头发
“不染发了，好累
该怎样就怎样吧”
老杨好洒脱，也好无奈
说真的，我喜欢雪白的老杨
我觉得他是穿过一场大雪
来到我们身边的

韭菜炒蛋

我正苦苦思索一首诗
隔壁传来了
搅拌鸡蛋的声音
筷子敲击着瓷碗
甚是悦耳
我侧身倾听
再也没有心思写诗了
如果鸡蛋搅拌好了
最好用韭菜炒
我的诗远远不及
韭菜炒蛋

乡夜

田野夜凉
夕阳拢住残红

蒲葵叶不在树上摇
摇在乡村之手

夜晚，家事只好撒手不管
许多农具痛苦不堪
舍弃在庄稼地里。一只小小的睡虫
爬上农夫的粗皮大手

有一口古井不肯睡去
有一条白花花的狗
徜徉在乡村浮动的夜色里

一匹树叶
滴答。反衬夜林的一隙幽光

黑叶子

可能起了风
也许不是风
反正满树的黑叶子抖动

卷簟[1]上晒着一些江米
也许没有米

但见一群黑叶子在卷簟上飘
它们“飘”走了我的谷物
“飘”走我的梦

晚上，一只空胃
待在下面，树上停着一些饱饱

梦中仿佛起了风
也许没有风，只是一些黑叶子
但见空卷簟应和，一起一伏地动
其实卷簟没有动，是江堤下的沙滩在移动

其实沙滩并没有移动

---

①卷簟：中国南方农村摊晒粮食等的席子。

是沙滩那边河谷的涟漪在移动

其实对岸的涟漪也没有移动
是人的灵魂在悸动

失眠的闪电

失眠的黑咖啡
从下午泛滥

失眠的夜
不加糖
加进你内部的闪电

你是一道失眠的闪电
电流穿透你的一生
穿透你的精致
穿透你的苦涩而低飞的泪水

这个下午泛滥
不叙事

啊，亲爱的
我只有草根般的闪电
我的下午从一杯黑咖啡开始
从一道闪电开始

海星爬上你的脸

海星爬满海底

海星爬上你的身体

海星覆盖一片礁石又覆盖另一滩礁石

海星爬上你的胳肢窝

覆满你的大腿

海星爬满沙滩和日光底下的影子

海星爬满了云层

海星爬上你的脸

在海上种荷

把大海用上
这一片大海
我把它全种上荷
在海上种荷
荷杆可长千米以上
撑一把荷伞从海底长到海面
前后要用五年

耕海

用拖拉机耕
还是用船耕
用拖拉机耕
翻开的浪花里有鱼
海鸥跟在拖拉机后面捡鱼

用船耕海
船头就是犁头
翻过来的大海露出了肚皮

白的如玉
绿的如翡翠

我跟在后面
握一把锄头
走一步
翻一下
放一粒
葵花子

赵野 宋炜 周亚平 蒋一谈 杨政 黄明

李龙炳 许德民

第四辑

先锋实验写作

宇宙

我们吃奶。

那条灰色的河流。

他吃胶水，

也长大了。

那块灰色的菜地。

众生平

等于河流。

同时我也不喜欢先锋诗

知道我不喜欢
戴戒指的男人。
爬向日葵上面
一个湿漉漉的零

秘 法

他表演了。
他昨晚把水倒到水中，
今天中午反悔，
就把昨晚倒到水中的水取出。

在我恳求之下，
他转让秘法：
“看见那些明亮的、晃动的，
你就抓住。”

吾不敢

吾不敢独享，

时光熔进书剑的神藏；

吾不敢为主，

龙吟不让啸傲的猛虎。

擦肩而逝

擦肩而逝的路人虽多，
却少有跟词语错过；
世态的变幻中我夫复何求——
字永远大于生活。

我秘密的……

我秘密的聊天室里唯有上帝，
没人知道我们当真的生气——
还有那清幽的寂言以对，
爱侣的启悟中一次次的归回。

都是毛茸茸的东西

坐在船尾的欢喜。

看着旁边几个人拍照的欢喜。

河水干涸由波涛转为涓涓细流的伤感。

某个人不在场的伤感。竞技场上

看到一个大个子被击倒的欢喜。凝视

地图上去过的某个城市的伤感。

电视里一群长相古怪的人一边

跳舞一边打闹的欢喜。走动在不知

其名的什么树的阴影里的欢喜。

站台出口四散的方向感的伤感。

一个早起的女人睁着睡眼倚着

阳台抱着自己望着你的伤感和欢喜。

都是毛茸茸的东西。雪中企鹅齐声叫唤。

所有事情

当你对所有事情做
全景式鸟瞰时你发现
绝望很重要它是标志。
绝望有浪漫的色彩对于
无所事事的人来说它能
放大数倍且不可控制。
看见两个人在风筝下吵架看见
三匹马排着队走在公路上看见一个
老人游泳一边打哈欠却没有沉没这
都是常见的事情。你不会被
它们伤害也不会马上忘掉它们。
绝望没有别的解释像一条
鱼早上来到纸袋里。

物恋篇

可以说有些物品
带着我个人的印迹反过来
也可以说我带着它们的印迹。
丢弃的牙刷书衬衫手提箱。
各种形式混杂容易致幻。
年轻人爱虚拟世界故而敌视现实这
很好理解。他们还爱测量月亮以
预知欲望实现。我当然反对这种
五官感受相互抵触的游客式做法。
我有一块抹布擦拭每一件家具。
我有一个计时器警告每一桩事情。

微暗的火

最先是从纳博科夫的一部小说
翻译者是谁忘了，是他为这部小说
创造了这个汉语书名：《微暗的火》
小说读的是节选，现在连节选的内容也忘了
但却牢牢记住了微暗的火
那种已过燃烧旺季的火堆，猩红的灰烬
被扒拉了一下，又蹿起一通火苗
当然这并不是纳博科夫小说的原意
只是我结合自身的处境
而引发的联想
这一通火苗至纯至真，但它能持续多久呢
我决定再回头读一读那部小说

窗外有人吹笛子

窗外有人吹笛子
很熟悉的曲调
但又想不起是啥曲子
吹得不算好
有点结结巴巴的
时不时还发出一个破音
但就是这个破音
让夜晚中的人
觉得这个夜晚还不是
那么不能忍受

半截烟

我在阳台上抽烟
妹妹打电话说
到了，让我去小区门口拿东西
我把抽了半截的烟灭了
放在空调外机的旁边
东西拿回来后
我又到阳台上去
把剩下的那半截烟
点起来慢慢地
抽完了

风铃

我喜欢风铃
我喜欢风铃叮叮当当一片空荡的声音
我喜欢风铃左摇右晃屋檐下一种不稳定的身影
我喜欢风铃被斜阳照亮闲暇说话或干脆一言不发
我也喜欢暗中的风铃、门廊下紧张的风铃
宝塔上高挑寂寞
和孩子手中被拎着的风铃

路上的狗、沙漠上难看的骆驼颈项下倔强的风铃，
风沙越大，它说话越响
声音是它的命。

我喜欢风铃
我喜欢敲打宁静的风铃
坐在孤寂的家里，停下来和岁月相依相伴的风铃

应该听一点声音、应该有一挂风铃
应该有一些眼睛从风铃出发
或者与风铃结伴而行

书

书带着我离开木椅、门楣，书带着我飞
死亡与一件袈裟住在山上
我的回忆居住在影子倾斜的楼中
沿着黄昏衰老的人
向空中说出了姓名和一把灰

在诗中，我爱着一块布和蒙眼的走驴
我飞起或者跌落
总是在人类的碗筷之外
我低垂眼帘和时间并着肩在街上走
我将我的马献给光，将我珍藏的手
献给被黑夜禁锢的星星
给可怜的冬天一碗水

我在我细小的眼睛里坐下来，他里面有天空
我的灵魂是一棵树和一把土
我把自己疏忽在桌子上
灵魂带着我飞，他使我的脚离开大街
他带着早晨在每一个城头插秧

挪威诗人耶可布森

我和树寂寞的时候
想起耶可布森
戴宽边眼镜的耶可布森
挪威一条冷清的大街上
独自散步
坐下来写几句阳光的诗
床上考虑播种的诗
喜欢看陶器上反射出来的光
喜欢写街边老人的手
关心森林里蚂蚁的生活
叫大海说话轻一点的
挪威人
耶可布森
他说死
不是死
死
是一缕烟
在空中
渐渐散开
的
透明过程

挪威人

耶可布森

在我寂寞的时候

就这样

来敲敲我的门

妈妈的动作

妈妈爱干净的手指
愈老愈不停地摸索
身边永恒的小东西——
一根飘下来的头发……
桌子面前的小渣渣
棉袄袖口的小颗颗
洋瓷碗沿的小点点
沙发绒垫的小丝丝

人的生活一刻不停
动作也就一刻不停……
动作真影响了生活——
一些用于开始生活
一些用于结束生活
“我的生活在哪里？”
一些喋喋不休的妈妈呀
不诉苦就没有痛苦。

今夕是何夕

一千七百年前有人在此问
今夕是何夕，这里有人吗？
一千七百年整有人在此问
今夕是何夕，这里有人吗？
一千七百年后有人在此问
今夕是何夕，这里有人吗？

黑以凝聚成，白以散开在
黑！但不是黑夜的乌鸦黑
白！但不是白天的鱼肚白
黑湿白冷，说的是欧洲吗？

夜晚华而不实的树是何树？
白天华而又实的树是何树？
一个八岁的科学家这样问，
在锡兰我想到的树叫腊肠……

年轻

年轻的痛带着一种斑斓的成分
年轻的苦又总是高人一等
年轻，觉得别人看上去老自己不老
年轻，觉得别人都会死自己不死

电话震惊，他从一本肉感小书抬头
什么东西隔着眼皮一跳的距离闪过——
没有事情小到可以从他指缝间溜走
他甚至看出蚊眼做了白内障手术

惊风还是风惊？火扯还是发烧？
一千零一夜？还是永远零一天？
一年四季，年轻的生活常在……
我们该如何将年轻与年轻人分开？

张家界，神替你删除了多余的部分

从遥远的外太空
潘多拉星球的纳美人，隔着月亮
射来三万三千支箭
一万支被大风吹断，化为岩石
一万支被海水淹没，露而为岛
一万支被黄土掩埋，隐入了山脉
而在阿凡达寻根之地，三千支箭化作奇峰
根根直立，和土地连接在一起，如三千只手指
一齐指向你
来吧

来吧来吧，张家界——
张，是张开翅膀的张
家，是回家的家
界，是界限的界，跨界的界——
山界的界，地界的界，天界的界
是我这次来，和下次来之间的
那个界

我每来一次张家界
都长高一寸
每来一次张家界

都苗条一次，俊俏一次
每次都离飞翔的鸟儿们
更接近了一次

你看，那一根根百丈的悬峰
俊俏的骨美人，张家界独立大使
我每一次就是从那块最高的石头上飞下来的
那么陡峭，那么笔直，她怎么可能
还能被叫做山？

如果是山，只能是属于潘多拉星球的山
属于我们的智力很难理解的山
张家界，是神替你删除了
所有多余的缺少意义的部分
如同分开人群选出中间的王
如同剥开一层层洋葱

只剩下山的花蕊中那根最直的花芯
只剩下山的核心，山的骨头，山的灵魂
只剩下整条山脉中最垂直的那股力量！

是的，我就是奔着
这股地球上罕见的力量来的
在潇湘地图上，在那幅鹰钩鼻子的人像额头上
奔着这一片仿佛来自外太空的神秘山峰而来，来吧

来吧，张家界——

张，是张开双臂的张

家，是四海为家的家

界，是跨界的界——

是红尘与仙境之间的那个界

是你这次来，和下次来之间的

那个界

看足球：白羊顶着黑羊

沉闷的夜晚，闷得像一只臃肿的脚
癞皮狗趴在表盘上，撒哈拉滚烫的沙子一粒粒
落进沙漏，再一粒一粒懒而慢地
漏过我的心。我从来没有这样讨厌足球
踢呀踢，黄牛抵着水牛，踢呀踢
黑羊顶着白羊

最丑陋的，不是生不是死，而是半死不活
半死不活的足球正拼命而无聊地
奔跑，正如满场飞舞的黑煤块
一次次刻进白色大理石
半死不活的羊，正煎熬着头顶着头
两列半死不活的对开火车，速度突然降为零
煎熬啊，不是煎熬羊，就是煎熬我
出门转了一圈，回来看那苦苦角力的桥上
依然是白羊抵着黑羊

负责让我快乐的人，正在远方休假
大脑袋足球等待总统的接见
悲剧正进入持久战，国家英雄们拒绝演出
不是生，就是死
整个国家的羊群必须通过草原

生死桥下，浮动着无数只
羊爹羊妈们黑黑白白的眼睛

看戏听曲儿的看客们可管不了那么多
布拉特和刘建宏开始打起哈欠
沉闷夜晚我注定无法渡过这条沉闷之河
噢，要抱怨就抱怨厂家，不该把
遥控器按钮做得过于灵活
最后扫一眼桥上的两只动物，飞速逃离羊群
那个晚上我再也没有回来

德国凭什么 4 比 1 胜英格兰

我不停地想，假如那只球
从球门上弹回，不是跳起，而是
突然停住！停在白线外的草地
假如边裁眼睛突然一亮
哨声响起，一只手坚定地
指向中圈

假如，2∶2 平局出现——
沮丧的英格兰，沛然勃发
假如兰帕德侥幸单刀，笨拙的鲁尼
射中点球，假如头球，假如乌龙……
谁说得清，两个巨人苦苦角力之际
结局，谁说得清！

只缺少了那么一眼
一名裁判者注定终生悔恨
而耻辱的化石，永远深藏于
英格兰的土地
历史一旦垂下那只错判的手
它，便永不会提起
偷斧子的人，永远被误钉耻辱柱
偿还的清白，那一点点可能

只能留给遥远后人

这不是某一肉体的耻辱
只是上帝无数泪水中的一滴
另一种结局，那令人发战的颠覆
一天天，不断在生活中死去
粗心的写信人填错了地址
而粗心的邮差恶狠狠地加盖了蜡封
永远寄向了远方

梅子熟了

梅子熟了，一口饮尽西江水
轻盈肉身炭中端坐

燕子喳喳挑拨诸象
日照风过，池塘自枯荣

五马截断众流，随波逐浪
八方响声皆有刀斧意

日日是生日也是死日
休要惊起那滩白鹭

短贩人捎回祖师念想
谁与万法为伴，巨吕洪钟

明明百草头具足宝藏
好雪片片不落别处

此心如动，大地当会惶恐
庭前石开出桃花千朵

虚空眨眼抛却汝的面目
漫天瓦砾纷纷来敲门

赤壁

一

此刻，群鸟翻飞只为一个词
高音婉转，撩起千年幽思

黄昏深几许，吐纳白昼灰烬
成反转的象，御另一种法度

彼时月朗星稀，乌鹊无枝可依
一场火烧沸十二月的江水

我看到众生听不见的哭声
心物老矣，举头三尺有神明

二

他衣袖飘飘，乘波涛翩翩而来
烟云屏息敛气，等待花开

王朝建立又坍塌，这小传统
让长江夜夜淌最强万古愁

时间已湮灭一切，留一分空
打磨虚无，或深情的金刚杵

天上没胜负，都是渔樵闲话
人世的模仿者也要借东风

兰亭

一

是日天朗气清，惠声和畅
万物现出各自的玄机

春风又写下一篇好词
每一处动静皆含新意

人世辽阔，古今都成背景
永恒需依托一种形式

比如美学或者追忆
我端高酒杯，忧伤突然泛起

二

我们终究会消散啊，明月
照百川，也要留痕迹

生死是一个无解卦象
天地四时自有消息

丝管奔赴盛宴，流水修远
过去和未来就此改变

鹤群飞过，千年犹余回响
会稽到长安，汴梁到大理

万物之诗

我看他也好虚无，但他

却看万物密不透风，全聚在一页纸上

页一

一开始，我就知晓他失却了祖国，
热爱残山剩水已多年。
而我比他更甚：无论他乡或故土
全都不得着落——我的舌底里，全是苦。
由是，我看他也好虚无，但他
却看万物密不透风，全聚在一页纸上，
既可徐徐展开，也任他缓缓收拢——
我和他，竟如急惊风撞见了慢郎中！
我，死候在一个津口，唤船家过来渡我；
他，不管不顾，径自在酒后携一卷山水去到虚空，
眼花耳热了，再收取一轴银河回到房中——
就算枯坐窗前，他也早就搜尽了奇峰。
（我则被他画在岸边，鬼头鬼脑，细数其间沟壑。）
怪不得当他背转身子，温酒、煎药，
便有一管笔代他在山水之间游走——
看啊，毫毛过处，花朵零落，他遽然
从一个踟蹰的策杖者化身为峻急的跳涧虎！

页二

一旦毛了，他即摔却杯子，硬生生
把一丛山林和城池从地面上拉起，
壁立在一个突兀的空间里，犹如一面镜子：
他和他的诡计，如今要面面相觑。
再一次，他作壁上观，自上而下地打量
令这片多出来的天地细致而且拥挤——
在其中一片水边，我兀自蓬头跣足，
演练一种软塌塌的水磨功夫：
先是试水，然后摸着石头过河——而我
本想驾一辆紫河车，让一具肉胎
把我往生到天边外，站在云端
目送飞鹄，向长庚这位老友遥遥颔首。
像我这般，一个天上的人，竟被他
只用一滴墨汁就在纸上淹留！
而他早就存心铺排好了这个过场：
只要我还想过渡，他就把小艇
画得永不解缆，而河水一直流淌，
不涨起，也不跌落——
一开始，我就知晓：他不曾想到
在他去休之时，把我也一笔带过。

页三

他乐得如此：把十方世界忘却八九！
上岸之后，无论大乘或小乘
皆是他的弃舟——一个陆地神仙，
只合在山谷里盘桓或漫游。
刻舟求剑？打死都不是他的路数与追求。
我，蹀躞复蹀躞，至今没有上路；
他，行行且复复，早已抵达了穷途。
他说：“一鞭斜日归来晚，只有青山小慰人。”[①]
青山是什么？他的小嫂子、姨妹儿和老丈母！
我说：“不信春芳厌老人，老人几度送余春？”[②]
老人何谓？我的残花、败柳与寡酒！
在他看来，万物皆锦绣，而我
则注目织就它们的、密匝匝的针脚。
他不像我，一定要人生有涯而美色无边，
正如他遇林而返，我却在林中树的根部，
检点那些蚁穴与菌株。到最后，我不得不承认

---

①石涛《山水四段图（之三）》题句。
②贺铸词《浣溪沙》。

我早已历尽沧桑：苍天已老，桑田焦黄。
而他也同意，万物已暗中错位，互藏其宅——
彼时，我和他俱不再显人相，而是
旁生为山田中被甘泉浇灌的一些植物：
一个是黄连，一个是苦瓜。
我们一个可药，一个可蔬，足以
把这片残山剩水熬到天尽头！
彼时，万物来献，供于眼目，而我们
只为其中一件小事而激动得发抖：
听清风吹拂树木，看溪水冲洗山谷。

天上下这下那

我不相信什么。
从天而降的事情。
现在不了。
声音会从天而降。
喇叭会从天而降。
喇叭是怎么上天的?
一定是晚上被送上天的。
喇叭的使命。
或许并不针对我们。
它是去针对蓝天。
针对白云的。
而声音会从天而降。
它不像雨水。
主要淋湿衣服。
它更像冰块。
会砸我们的脑袋而且。
只砸脑袋。
当然天晴时。
它会带着天上的沙子。

我的物质主义

黄金。讲真。
我从来就没见过。
无论是方形的。
菱形的。
长方形的我都没有。
见过。或许。
我很讨厌这个金属。
不是很清楚我真实的感受。
我只是没见过它。
但我喜欢铜。
我见过它次数太多。
我使用过金黄的这样带有辉煌感觉的词。
但我感觉它并不适用黄金。
它适用香蕉比如说金黄的香蕉。
它适用苹果比如说金黄的苹果。
它适用麦芽比如说金黄的麦芽。
它适用头发比如说金黄的头发。
它适用木头比如说金黄的木头。
它适用秋天比如说金黄的秋天。
它适用郁金香比如说金黄的郁金香。
它就不适用黄金。

我 们

我们是一棵茂盛的树上的鸟儿。
树在春天。
夏天。
秋天。
在冬天都是茂盛的。
为什么茂盛。
它就是茂盛的。
但这都是过去的景象。
是过去的春天。
夏天。
秋天及冬天。
突然。这一年。
突然这一天。
突然这一刻。
茂盛的树叶一下子飞得精光。
树叶飞走了。
树干变得精光。
甚至树干都消失了。
原野变得精光。
鸟儿孤独地挂在那里。
春天。
夏天。

秋天及冬天都挂在。

那里。

翅膀是没用的。

降落没有意思。

飞也没有意思。

观察手册

有一点显而易见，鸟飞过的天空
很有质感，且能流淌，就好像胸怀
被再次打开，愿意接受大地

各式各样的批评，这或许是天空的矛盾。
我的矛盾简单而具体：身在平原，
我还未体会过破土而出。

我走过很多路，那是学徒之路，而非
种子之路。我的师父，踪迹神秘，
言语不多，没有面目。

他曾指导我把旗帜插到山头，
后来再看，胜利是假的。

我不后悔，或许时间还来得及。

不过，我似乎懂得了生活的另一面：
有一种悲伤是克制的悲伤；某一天，

某一刻，我站在街角，会突然遇见
从电影里走出来的那个人。

女人和老虎

女人是无可比拟的
恋爱中的女人的呼吸无可比拟
美的虚无，引来老虎
老虎衔起虚无，呼啸而去

我用双手操控皮影戏里的老虎
我用肺腑拉住皮影戏里的女人

有些雨，你无法触及

有些雨， 你无法触及，但你
可以体会，在整个夜晚。

我说的是那种没有声音又能让
叶子在傍晚的宁静中闪亮的雨，
极细极细，像婴儿的睫毛

丝般滑落；而叶子配合着，
纹丝不动，仿佛新颖的感动。

我站在那儿，闭上眼睛。我的脸代替我听：

某种事物降临，越来越近了，就好像
我站在岸边，大海一个转身，巨大的谅解
就摊开在了我的面前。

其实还不止这些：这样的雨，让我以为
它是最有教养的语言学家，

它的只言片语，近乎于不言不语，
随时把说话的时间留给了你。

水仙之恋

我要垂下我的脸庞，如若
你认定它便是月亮中的月亮
向着你，飞鸣不已，这激荡的一刹那
是不是可疑的一生？无须再聆听我了
我已决定呛死在这浩渺如水的镜中！

麋鹿

——麋鹿，又名四不像

神的午后，我偶尔蹑足潜踪，偷跑出他的梦
游荡在无边的大地，像一个浅睡飘过另一个
空廓的酣眠。当我驻足汀岸，或于河泽间游弋
我总惊诧于我的怪样子，但，并不确定它与我
是否真实地对应，或许，我只是神未经熟虑的
一闪念？是他梦里弄的那些奇思异想的瘢痕？
于是，我旋风般奔回幽眇的殿堂，俯卧他膝前
主人，我是您精巧的造物，您是我唯一的尊严
那为何我身上会挤满这些怪模样，鹿角与马面？
我是谁？活在谁的存在里？我要我原来的样子！
神刚从冥思中苏醒，轻抚我的辫尾，久久沉吟
呵你，可笑的共同体，千万不要太把自己当真
我用别的模样拼凑出你，是为给世界一个神谕
我指给你四个类比，你要在它们之中找出自己
我还给了你第五个类比，慎勿外传，你的心
其实就是人的心！他们虚耗过多的苟且与泪水
而你要替他们去吞多变的风波、歧路和天气
想一想，我的傻孩子，你究竟想成为哪一个？
唯一即局限，所以，我动了与身份不符的恻隐
我以世界的样子创造你，这清风般通透的共居！
听罢神的话，我心有戚戚地昂起骆驼的脖颈

即使挤满哓哓不休的怪形，即使生命短暂逼仄
可我愿做一心一意的自己。神忽然猛拍我的脊
去吧，乌托邦！在缤纷的自我间必有一个真你
从此出没天地的空隙，替我将世界的丧钟鸣响！

九月的拖拉机

我看见，那个田野上挽起裤腿的红领巾，攥着紧缺的麦穗
拖拉机花斑虎般从低处跃出，满载金黄的玉米，玛丽亚娜[1]
驭虎的姐姐，清风吹开她百合花的前额，一排雨燕低掠
黄昏就要揪下杨树林明灭的珠衫，我已翻过那明媚的一天

一场连夜雨，像显影剂擦亮了记忆，溪流涣漫，清风向左
这些图案仍紧密相连，杨树林、孩子和金光灿灿的田野
我们因匮乏而认出丰盈，万物缧绁于自身却被星光扬弃如风
燕子突入黑暗，向万里外的自己飘飞，落叶之匙旋开穷途

必定有一个只是影子！逝者，还在找对立面上透光的空穴
上升的和下降的是同一条路？不，谁见过倒行逆施的闲逛者？
只有这九月的拖拉机，像一架从时间裂隙中奔突而出的骸骨
嘶吼着，扭身，把我当作一个错觉，狠狠地甩在未来的田陇

---

①玛丽亚娜：苏联电影《拖拉机手》的女主角。

河卵石从松土坡上滚下去

这天深夜，我被梦中的失望惊醒
那是鱼缸的水管发出的吞咽
唯有醒来才听见一潭死水营造河流往复的幻觉
才会看见沉浸在轻轻颤抖中的橡胶制品
仿佛落进时间旋涡的人发出微小呐喊
抵抗溺亡。那呐喊，如同被打磨成河卵石
从松土坡上滚下去。它从松土坡上不停滚下去
偶尔经由虚无的扩音器穿透梦的墙壁

记叙的终点

司机将车开上沙墙
侧身冲上陡峭的内壁
金带的轨迹消失在金色的沙中
语言与诗意的悖论持续扭转
编织一路的声音
说出时，它已消失
如同司机另一个失手的表演
往迎面的一堵墙冲去
车子的前轮在空中咬着牙
后轮没有将身躯举起
败下阵来，如释重负的叹息
细沙积满一地

一座向天和盘托出的矿山公园

我只想度过多余的时间
不知不觉就上了山巅的观景台
我不关心挖掘的事，出土了什么
坑究竟能有多深，多大
一条路在内部盘旋
已经多年，仍在往下
当终于站到顶上
空的召唤随即响起
恐高症患者“想纵身一跃”
我贴紧平台的栏杆
抓住存在与虚无的两根肋骨
看着自己的影子
猛然扑落朝天的洞穴
我用力跺了一脚

自我的迷宫

河中石头有圆润的美，
为了配合肉体与金钱。
我感到有人躲在石头里
一点也不安全。

这自我的迷宫，
多像某人的脸。

我在地铁口过安检，
小刀像宠物一样无辜，像一匹
白色的小马，
安检人员微笑着将它的腿折断。

它必须跪着从另一个甬道，
去亲吻红与蓝的打火机。

有人曾经把死亡，
命名为艺术。
我穿过一个废弃的粮食市场，
走进一家陌生的餐馆。

算命先生也不知道，
我吃包子还是吃面。

虚无的味道

这是秋日，我和一只蟋蟀的对话，
已经压低。
观察地下的黄昏，十月的光线
吊起织布机。

你有发热的功能，
有一种温暖就是
小乞丐在草垛中，
吐出的舌头绣着大公鸡。

一个小女孩，
一身白色，像一场雪提前降临。
从山坡的石阶上，
来到这里，看孔雀开屏。

嘴里面有孔雀的人，
有人告诉她，
那是今天的导演，
正在说，西北有盛世之危楼。

她的母亲，穿着红色上衣和我擦肩而过，
我恍惚了一下。

我是十九世纪的建筑，
身上写满了拆字。

我要花钱才能进入你的庄园吗，
追随蜜蜂，甜是虚无的味道。
庄园的后面有工地，
工地的后面还有墓地。

咖啡之歌

只是一杯咖啡
苦，口中的天下
苦苦地向下午致敬

一杯咖啡的风云
两杯咖啡的大海
苦突然开阔起来

白糖是白白的唐僧
到咖啡里取经
更苦的味道是阿弥陀佛

只是一杯咖啡
苦，口中的钉子
穿透了几本新出版的书

写作的理由就是
我们喝完中药之后
继续喝咖啡

如是我闻
两个哑巴爱上同一种苦
苦苦地向语言致敬

抿嘴一笑

镌刻世道　手指眺望　十里年画
微雕裙带　铆进砖墙的对白　正午千年
行走的空杯　饮干时间后的怕

怀孕青花　抱着瓷瓶捂冬
散养草书　红白方寸　撤出腰围　树敌警戒之上
方圆恩怨　纺织八荒　伏击冷兵器

气声编译　攻城和守城　一对历史错爱
对阵血火　殿震误杀　一役惜别
月光割开的门缝　把夜晚腌禁成狼毫

今日挡瘦的雪崩　书写刀尖　招降肉欲
捎带地理　跪谢荒诞　减去填充的十字
剩下踩水的红　和红的相术　学会抗命

空有空的饱满　缝合云朵　和边缘私奔
溢满汉服的编钟　穿戴泥土的圣旨
掉队石鼓　载着古文　淹没的马蹄溅起的黑

历史养生的库房　文官武将的牧场
小寒吞食大寒　纸卷冰霜　拓印狼烟
岁月唇齿　封口酱缸　朝着来处　抿嘴一笑

为皮肤筹集咖啡

来到隐瞒的深处做一个盲者
勘探坚果遗留的风度　是一只兔子迷路
为倾听而生的耳朵
在自己的特长里变换角色

岩石上疗伤的渠水
绑在腰上的鸟　断了雁阵
翻开翅膀下的情报
飞行的间谍　温度添加的骨骼
正在创造破坏的纪录

惦记身高的旗帜
插进洼地的自卑和酒
酿入骄傲之前
驶离仇恨

眼睛的空白期
我们不再奢望刮水器
会把距离压缩成玻璃
会在承诺粉碎淹没之前
为皮肤筹集咖啡

为爱占卜

要越过　比如越过一套武术　越过宗教
越过承诺　为爱占卜　蚂蚁的蚂蚁之梦

泥和水不能翻身
水泥的腹部膨胀的速度
正在孵化城市之痛
干涸如眼睛里的花粉

鲜花出鞘时离的剑
拦劫画中的时间
剥落一地的哲学
隐情把握的诗集正在蜡烛成灰

如果琴和弦的分手
制造音乐事故
受伤的快乐在哪里可以问恨
手掌飞向何方

儒者和弱者
因为食物和性结盟
终成宿敌
文章千古呕吐

午门问斩宫廷

屋檐挂着代数
晒干了几何的求证
那属于夜的隐私

第五辑

抒情意象写作

河口上的房间

总有一只船远去　目送着你
对岸在远去　天空是倒立的命题
字与字之间一条河流过
到你的无言时　海鸥的旗语雪白而膻腥
退潮　月亮在拉溺死者的名字
鱼类俯瞰黄昏　眼眶中抠出灯塔
每天的镜子关紧一个葡萄酒味儿的
上游　黑暗像一盘海鲜逆流行驶

大海从一个问句开始　它问　哪儿
房间像一只鸟站在船桅上
四壁漂流的地址　演奏桥的弦乐
手指与手指之间只有水不动
远去的是你　总比一个远方更远
目送一首诗　浸入总在渐冷渐蓝的体温
雾来了　雾是夜的闸
你知道合上眼这清晨就在海里

靖庐：一首当代古琴曲

——赠社旻兄酬书《奶奶的船》册页

靖者静也　当我们屏住呼吸
听一个字　可弹　可揉　可抚　可挑

靖者　可伤　当我们围坐
如墨色　奶奶的船正驶过一杯苦茶

灯花摇坠宫女们的幽叹
年年捧出琼花　笔尖得多细

才撵上香的指尖　剥开蕊里的院子
扬州总在血肉仍未抵达之处

而数千载烽火早已来过
你翻开册页　邀请每一轮明月题诗

一张乐谱　诗者隐身　歌声留驻
袅袅搭建这个空间

轻响的诅咒始于一根弦　弦
始于丝　毁灭一次　什么不是余音

震荡耳鼓那条深巷
今夜无墙　心里堆满字　且滋长着字

一枚悬腕点染到哪儿　靖庐
静静　就放在那儿

黑白如负片　爆裂与沉寂蜂拥而入
铮铮之弦　可人类哭出过什么？

一滴墨垂直凿穿生死
你越哭不出　窗棂间越嵌满远眺

一炷香里的岁月　焚尽别的岁月
当我们惊觉　星空就在身边

羽毛 · 石头

湖是一幅肖像
你手中　这支活的羽毛笔
碰碎了寂静　远飞的雁行

像串溅出中国古诗的墨迹
一粒小黑石子也追着那翅尖
想象　云的画布上谁在逃离

你　或者湖　用雁翎的桨滑动容颜
水声浸进雁群三十五次来回
等于三千五百次？远山的调色板

每刹那悄悄变幻不变之美
石头守在你窗前　桌上的蜡烛
飞　穿越黑暗中深怀亡灵的轮回

沿着雪白镌刻的纹路　这放逐
集合石头之重　羽毛之轻
溢出一件刚完成的作品　这孤独

无比热烈　几乎香着　吹拂人生
一大片冲决了岸的汩汩水波

荡漾一张脸　每张脸的投影

你的笔尖　滴下天的颜色　山的颜色
一幅闪着光粼粼洇开的自画像
倒映世界　爱它就带它无尽漂泊

你找的那人不在

他根本不在。
其他的都在，只是你要的不在。

有东风进来
有小昆虫进来
星光像刚刚磨碎了的面粉。
西红柿成熟了的橙黄色进来。
海马从落地窗最低的缝隙间游进来。
陌生人经过，不知名的烟草香味透进来。

我这儿从来没这么满过。
什么都有，什么都不缺少
温暖友善的东西们四处落座。

我们不在同一个世界
四月是隔绝的屏风
所以，你只有原路退回
你找的人他绝不会在。

我拿着药片

除了药片，还拿了水杯
我到院子里去。

每到夜里都要费劲去睡
所以手里有药片。
可是究竟有什么舍不得
灰灰的清凉
怕这样的晚上以后不多了。

天上飞过飞机
飞着的两侧有灯亮。
我收了药片
左右这对翅膀
也该在渐渐变凉的世界里用一用了。

在长春

我爸爸的月亮
还是那么扁。
越走越高
高过任何能看到的天体。

他一个人的蜡烛头
软耷在风里。
我们的专属
钝的，一点不亮
立着而不晃眼，吝惜它的光
这样就对了。

拉门的缝隙做着很长的梦
我一直在那儿捏碎下一颗夜明珠。
满城的人都睡了
白袜子松脱的爸爸
为着某件事儿
还在一个人赶路。
他走过的地上好白呀。

致尼卡诺尔·帕拉[①]

他活着的时候“反诗歌”，
他反对他理应反对的那些诗歌。
反它们与人类的现实毫无关系，
反它们仅仅是抽空了
血液的没有表情的词语，
反它们高高在上凌驾万物
以所谓精神的高度自居，
反空洞无物矫情的抒情，
当然也反那些人为制造的纲领。
他常常在智利的海岸漫步，
脚迹在沙滩上留下一串串问号。
他对着天空吐出质疑的舌头
是想告诉我们雨水发锈的味道。
他一直在“反诗歌”，那是因为
诗歌已经离开了我们的灵魂，
离开了不同颜色的人类的悲伤，
这样的状况已经有好长的时间。
他“反诗歌”是因为诗歌的

---

①尼卡诺尔·帕拉（1914—2018年），是智利最著名的诗人之一，“反诗歌”诗人的领军人物，也是当代拉美乃至整个西班牙语世界最具影响力的诗人之一。

大脑已经濒临漫长的死亡，
词语的乳房没有了芬芳的乳汁，
枯萎的子宫再不能接纳生命的种子。
他的存在，就是反讽一切荒诞，
即便对黑色的死亡也是如此。
对生活总是报以幽默和玩笑，
他甚至嘲弄身边移动的棺材，
给一件崭新的衬衣打上补丁。
我在新闻上看见有关他葬礼的消息，
在他的棺材上覆盖着一面
还在他的童年时母亲为他缝制的
一床小花格被子，
不是所有的人，都能明白
这其中隐含的用意，
实际上他是在向我们宣告：
从这一刻起，他“反死亡”的
另一场游戏已经轰然开始。

诗歌的秘语……

彝人为了洁净自己的房子，
总会把烧红的鹅卵石
放在水里去祛除污秽之物，
那雾状的水汽弥漫于空间。
谁能告诉我？是卵石内核的呐喊？
还是火焰自身的力量？或许是
另一种意志在覆盖黑暗的山岩。
我相信神奇的事物，并非是一种迷信，
因为我曾看见过，我们部族的祭司
用牙咬着山羊的脖子甩上了屋顶。

罪行，每天都在发生，遍布
这个世界每一个有人的角落。
那些令人心碎的故事告诉我们，
人类积累的道德和高尚的善行，
并不随婴儿的第一声啼哭到来。
然而，当妈妈开始吟唱摇篮曲，
我们才会恍然觉悟，在朦胧中
最早接受的就是诗歌的秘语。
哦，是的，罪行还会发生，
因为诗人的执着和奉献，

荒诞的生活才有了意义，
而触手可摸的真实，
却让我们通往虚无。

悼胡安·赫尔曼[1]

你在诗中说我
将话语抛向火，是为
在赤裸的语言之家里，
让火继续燃烧。
而你却将死亡，一次次
抛向生命，抛向火。
你知道邪恶的缘由，
最重要的是，你的声音
动摇过它的世界。
没有诅咒过生活本身，
却承受了所有的厄运。
你走的那一天，据说在
墨西哥城，有一片天堂的叶子
终于落在了你虚空的肩上。

①胡安·赫尔曼（1930—2014年），当代阿根廷著名诗人，同时也是拉丁美洲最伟大的诗人之一，2007年塞万提斯文学奖获得者。

我经常做重复的梦

我有一个梦，
在不确定的时间里，
重复出现。
我无法记住它出现的次数，
记得住情节、场景和结局。
这个梦是一次杀戮，
涉及掩盖、追踪、反追踪，
和亡命天涯。
我对此耿耿于怀，
这与我日常的慈祥相悖，
与我周边的云淡风轻，
构成两个世界。
我怀疑梦里的另一个我，
才是真实的我。
我与刀光剑影斗智斗勇，
都有柳暗花明的胜算，
甄别、斡旋、侦查和反侦查，
从来没有失控。
而我只是在梦醒之后，
发现梦里那些相同的布局，
完全是子虚乌有。

病 历

我对前方一无所知，
汽车点火以后，脚一直在刹车上。
前方在哪里，行人、自行车，
都在前方。我可以肯定，
我和他们没有关系。
后视镜看见有车灯在快闪，
有呼吸急促的鸣笛，
这显然冲我而来。
我被逼起步，被裹挟奔向前方，
一座城市向我砸来，
找不到出口。我身不由己，
前进的方向不明不白，
让我心生恐惧。我不能停下来，
手上的方向盘只是摆设，
我也是一个摆设。
问题在于这绝不是某种意外，
而已经成为我的常态。

想象

想某个时间、空间，
具体到一碗面、一个煎蛋，
高楼里看对面的肖邦，音乐流淌。
一个字与另一个字组合，成词，
无比、极其之类，都不是虚的，实实在在，
越是虚无缥缈越具体。
我自己姓甚名谁已经模糊，
想象过于奢侈，场景似是而非。

敦煌

沙子说话，
月牙安静。

香客祷告，
佛安静。

三危如梦，它像是从一个很远很远的地方
跋涉到此地。
山脚下，几颗磨圆的石子安静。

一夜微雨，大地献出丹青。
天空战栗，
壁画上的飞天安静。

甘蔗田

这一生，你可能偶尔经过甘蔗田，
偶尔经过穷人的清晨。
日子是苦的，甘蔗是甜的。

不管人间有过怎样的变故，甘蔗都是甜的。
它把糖运往每一个日子，运往
我们搅拌咖啡的日子。
曾经，甘蔗林沙沙响，一个穷人
也有他的神：他把苦含在嘴里，一开口，
词语总是甜的。

轧糖厂也在不远的地方。
机器多么有力，它轧出糖，吐掉残渣。
——冲动早已过去了，这钢铁和它拥有的力量
知道一些，糖和蔗农都不知道的事。

这一生，你偶尔会经过甘蔗田。
淡淡薄雾里，幼苗们刚刚长出地面，
傍着去年的遍地刀痕。

蛇

爱冥想。
身体在时间中越拉越长。

也爱在我们的注意力之外
悄悄滑动，所以，
它没有脚，
不会在任何地方留下足迹。

当它盘成一团，像处在
一个静止的涟漪的中心。
那一圈一圈扩散的圆又像是
某种处理寂寞的方式。

蜕皮。把痛苦转变为
可供领悟的道理：一件挂在
树枝上晃来晃去的外套。又一次它从
旧我那里返回，抬起头

眺望远方……也就是眺望
我们膝盖以下的部分。
长长的信子，像火苗，但已摆脱了
感情的束缚。

偶尔，追随我们的音乐跳舞，
大多数时候不会
与我们交流。待在
洞穴、水边，像安静的修士，

却又暴躁易怒。被冒犯的刹那
它认为：牙齿，
比所有语言都好用得多。

对岸

一个人从河的这岸
游到了河的另一岸
没有水流声，也没有
拍打水的声音
一切都悄无声息
回头看看对岸
仿佛刚刚离开了一个尘世
这里没有树木
没有石头
没有房屋
甚至风也没有
只有这条河岸
这一切都似乎是在梦里发生的
只是为了验证
一个不会游泳的人
也抵达了河的对岸

另一个尘世

一扇门，两个世界
进门和出门
有时是两个动作
有时，是生和死

我是个左撇子
梦里打架时却总是先出右拳
有一次我在梦里过完了一生

每次看到那些
被扔掉的衣服和鞋子
总是心头一惊
它们好像刚刚失去了一个故人

中年的她又一次
在梦里的同一个地方滑倒了
满怀的栗子正密集地滚下山坡
那是时间刚找出的零钱

望着对岸的雪山和城镇
我们仿佛来自另一个尘世

松树是具体的

世界上有八十多种松树
这么多年
我却只记住了一棵
具体的松树
不在山上
也不在湖岸
而是在北方平原的村庄里
它紧挨着乡村公社
它已死去了多年
看着其他的松树
我觉得
他们并不是同类
那些油脂和松针
仿佛
也刚刚经历了
一场新鲜的死亡

春祭祝词

山河还在，度量的尺已腐朽
但并不妨碍太阳行到今日，昼与夜、生与死
达到一年中两次均衡之一
我为那高中毕业开始走出少年的青年
和我自己（实已在秋分）斟满一杯酒：

愿浩荡的变化不因人世沉迷的循环而废止
愿黄金的刻度在良知上显现
如果生活已不需要农时
愿祖先福灵持续塑造子孙的样貌
在偏离、变形的节点上将他的脚步引到
趋暖的那边
愿血肉始终胜过机器
愿实行始终胜过信息
东方有燃烧的木，西方有收割的金
愿时钟果断地绕道西南进入东北
从安养的大地爬到大成的山上
而开始新的轮回
愿人在地上走过头顶日月成为银河系中
不变的圆心
因而他胸中战乱的阴云不过是泡影
他的直觉像闪电，他的劳碌像永恒

把城市浇灌成隐逸的山水
愿他像我、我像我父亲走在一根延续的金线上
正如春分之中正把春天劈成两半
那逝去的给我，将来的给他
月亮给我，太阳给他……
他已一天天强壮而我从今天开始削弱
我用越来越大的空出的部分
收集光线、行迹、仁义与罪恶的记忆
同时投入千江千湖随波涌动化为碎片
失去了温度的太阳的折射
没有了痛苦的量子的爱
一旦平静下来在站立、沉思的风中面容如一

小满

人生到 49 岁，始得小满。
以后，就没有大风大雨只等着生命的浆液
在时间中充实，变硬。
此时的奇思妙想都是已经预定的。
此时的守志不动是最有创造性的。

我摸我自己的脉管，我喜欢它的柔软。
我摸我自己的骨头，它已流失的部分
在另一个空间成为金刚石。
我摸我自己的头发，结着温暖的霜。
我哈哈大笑，
我笑那些海誓山盟成了过眼烟云。

面对霞光忏悔

在你的霞光里有我未到的地方
皆因为昨日我自己梗阻，遇见白石
自己吞下去，仅仅因为它白的缘故
而与黑石相分别

若你的霞光有对我未尽的地方
请不要因为昨夜我疲倦睡着，遇见黑石
就靠上去，仅仅因为它大到让我安宁
而忽视它身上地狱的铭文

朝霞，若你对我有所教诲
请不要在无色无情感的正午沉晦
教我总是开始；在黑夜中流泪睡着
而不被兴奋吞噬，彻夜难眠
皆因为我自己的软弱，将你的色相
看作黄金，将你微妙的末梢
与地点、与影像交换，我虚伪地
将一种沉沦称为发现
而忙碌了整整一个夏天

若你对我有未照彻的地方，照彻
我不再计较看得见的长短和腹腔内

乌云的权利，你就照到里面去

让它消散。这高秋唯独准备

鸿雁的翅膀作为信誉的标记

这高秋唯独以落叶作为忠诚

如果我有所恐惧、不舍请从我头顶升起

如果我把时间视为一把尺子请用我

做尺子，如此

我就知道权量之公正，公正

亦不外于我

我不必为日益缩小的阴影哀泣

沙滩上歪歪斜斜的小东西

沙滩上歪歪斜斜的小东西
狡猾地从脚下逃跑
夜空下的南太平洋深邃，沉默
远远不能被一座灯塔理解
三亚湾路披挂着椰林，棕榈和琼崖海棠
二十里路，最好去椰梦长廊避雨。
我从北方带来一身病痛
一些未遂的野心……
今天我走在羊栏路和白马街路口
茫然的心无处投递
今天在西瓜村和芒果村之间
我逮住了你——一首小诗！

不写诗的日子

大师挡住了我的去路
当我试图在一首诗中思辨的时候。
这冰峰必定有它另一个维度
我打算思忖一阵子。

不写诗的日子，我只是活着
看乌云怎样把地面上的事物压低
“活着，并且不撒谎”
索尔仁尼琴画出一条底线。

我不问世事，把文字交还给山水
让江水来稀释前半生的苦
可是，当我夜读崔杼和太史四兄弟
仍然止不住眼含泪水……

我知道，我还活着
拥有平川与绝壁，垭口与飞瀑
在不写诗的日子
在充满庸常与奇迹的日子。

忧思抓住了我

忧思抓住了我
走起路来跌跌绊绊。

灰鹤爱上了清唱
晨光在树林中抛出曲线。

我并不是那个为众人抱薪的人
却在惊颤中度过每一天。

史书一页页翻过
盛怒的皇帝杀人如麻。

恕我老眼昏花，看不到未来
甚至在人间也会迷路。

幸好我还有儿童的眼神
幸好我还存有一座富饶的粮仓。

让音乐漫过回忆
让汽油、花香和酒精弥漫在空气中。

而警察、医生，初恋男友
最好这辈子都不要再见。

白鳍豚

和天空脆弱的壳轻轻一吻，率先成为
坠落的时间中
一滴冰一样圆润的白水。

要么引领整条大河成为冰，把白色
嵌在终将干涸的大地上
做化石状的念想。

要么被铺天盖地的水，融化回水
只是不能再白。

时间就此断裂
如同鱼停止滑动的左鳍，见证
筑好的纪念馆，汉字雕出的右鳍。

干涸的树枝上悬挂枯萎状开过的水珠
冰的形式主义，衰退在水的画布上。

手术台上不锈钢针头样的光洁
被挖沙船驱赶得销声匿迹
扬子江像一条失去引领的老式麻线
找不到大地的伤口。

邮票拯救过的名词，被绿皮卡车
拖进一个年代模糊的读书声中
童声合唱的信封们在清澈中纷纷凋零
盖有邮戳的水，年迈
被年轻的水一次次地清洗。

那滴冰已经无水敢洗了
所有的水都在见证，最后，成为一本书
厚厚的证据。

金钱豹

20 世纪 70 年代，县供销社收购站墙上一直挂着
一张从农民手里收购来的金钱豹皮。

——题记

来吧
前世的霰弹被我开成了满身的花朵。

铁在风中疾行，村庄在我身后一点点地迷路
青冈树冠腐朽的气息
用铁的速度弥漫。

黎明与黄昏缝在一起
人迹成为间隙
成为我遗产中无力的红色绝望。

我把铁种在地上，发芽，生长
村庄在树荫中苍白，唯有遗憾。

我把铁攥在皮毛的拳中奔跑
奔跑的距离，决定铁的长度
我越快，铁就越慢
村庄留给自己腐朽的时间就越长。

我用铁奔跑的速度画出的线，钓鱼
森林的餐桌被天空的白布裹挟
饥饿的鸟鸣。我浑身的钱
成为村庄飞翔的诱饵。

来吧
霰弹的花朵，已经把我招摇成
最后一面旗帜，一个被钉在墙壁上的
动词。

雪豹

把刀子一样的雪片朝高处搬动
看大河撒手东去
雪豹在峭壁上用腾跃哀悼她们的魂魄。

……哮喘的雪线，呼吸一次
雪就死掉一天
雪豹身上的雪字就被夜晚，涂黑
一笔。

把雪花煎成药，让雪线饮下的中医
指着天空，说：
蓝是天上的痛
你一想蓝
你和蓝都痛。

病入膏肓的雪已经无法承受不锈钢的
套索
人越来越多，字典里活着的动物名词
越来越少。

贪婪的事物用绿色卡车聚集山下
追赶

唯一一朵用体温哭泣的雪花
活着的雪花。

所有河流的箭都溯源而上，射中
最后一只雪豹
制成他们尸体一样静默的标本。

人们在雪后的大地走动出
一些肮脏的印迹，用来诋毁
雪豹的皮。

音乐

风把每个房子都当用乐器来擦拭。整个小城
都在变亮
只他的影子在地上，在和这个城市的摩擦中
移动着。他的身体、街道、树木
似乎都存在于从乐器飘出的那些旋律中
而不是相反
可能提琴或是笛子，很早时候都只是一种用具
人们抚摸它、擦拭它，经过了几万年
人们才慢慢地进化到了
演奏的阶段
他走在街上。远处屋里
他的乐器船一样停在桌上
他像是一段音乐里的人，已在这现实中
生活了多年
现在正独自一人，走在回去的路上

云

到了下午，云朵里面就已经没有了
雨水，在经过了许多山脉后
现在它只有白色
只有这白色，响彻高空

我不是少数，而是多数
河水流动但保持着河面的云影
树木吸收着泥土里和天空里的东西

田野被犁铧的笔尖刻画着
秋风吹过高高的山冈
云朵里一些洞穴空空的
还在等待着离去的动物

只有一只动物想回去
它在山冈上一直来回走动着
等待着远方的回答

斧子

纸闪着白光，你的那本书，如果能装上
一个长柄的话，也能成为一把重重的斧子
秋天，斧子上粘着些羊肉的油脂
它剁过许多东西，而在这之前斧子肯定
先已经剁掉了它自己身上多余、无用的东西
所以它才这么紧凑、沉重
甚至面对大海你觉得，你的斧子也还能被
打制成一只小船
你弯腰低头劈着烧柴，斧子锋利
头顶太阳像远古时候倒下的一只
动物，被一把石斧一次次地砍砸着却不能死亡
你一直都
尽力地用你劈柴的声音掩饰着它痛苦的叫声

大地

犀牛的皮肤，骨骼耸立，河流的源头
黑森林的秘密，岩浆喷发时烟尘四散的灵魂，我看到
旱季和雨季孪生兄弟，走失在两极，
大海蔚蓝的汁液仿佛是唯一无毒的蜂刺

时令、农谚、生与死的契约写在这里，
坟，摇篮曲
我还能远足多远，雪山后面的寺庙，红痣

深井，脐，独眼或针孔，从这里可聆听内心的隐言，深处的深
汲取这个侵略的动词，使自然枯竭的原罪
我们躬下身子，和成熟的稻穗和秋后的蒿草比比谦卑
阡陌上墒情焦虑的季风，黄金死寂，金属退到石头的深渊
也没有躲过一场场屠城风暴，降下血雨才有腥风，洪水来了

我敢放言：万物之灵诞生于此，也毁灭于此
托举太阳，也摘取雨水和雪花，包括微生物电磁光和磷火

胃总是痉挛，地震，海啸接踵而至，大地
苦难和欣喜同在，比人类更悲伤，它是不会哭的动物

最后，我们被焚毁的肉身，将以灰的形式滤散
欲念妄想增加它的厚度和广度，风来
一切皆空无，大地指间光在滑落

陨 石

弧光划过，天幕被刃刺破
一个星座的舍利

叛逃是从叛逆开始的，出逃之夜途中，大火燃烧，
生命
泪腺荡漾一路长啸或长哭，尾曳是光
分裂，融解，一个星球以自刎的决绝
飞驰，流星四溅
还是光年的光，坠落者自有坠落的理由，飞翔者
也是一样。

砸向大地，森林或草原微颤
慈悲的陨石从来都选择无人的地方降落
焦煳的气息四散，去消解新鲜的风
所有生命都死寂在含铁和镍的缄默里
铁和镍不会说话，铁只会被打成剑后才能
开口说话，镍只有铸成币才会
行走人间，此刻，生死固定在一个状态里

野马分鬃的蹄，野骆驼的唇
以及我的目光抚摸你最后的余温和脉搏
仿佛是抚摸先人的最后伤别

收留，宇宙的弃儿抑或流放客
不问来者的出处和政见
收纳它们，逃亡者或亡命徒

每当夜把黑夜煮沸，陨石就会放磁，放出
辐射之幽光
谁也猜不出其中秘密，或来自哪个星系
但一定与你我有关

火 山

一定要撕心裂肺地撕开一个出口，也一定会撕开，
缝隙
让火冶炼成熟的岩浆，射出
太阳的行径，由下而上，
向苍天擎起火炬，地球咳出一口热血
口喷焰火的山呀，这不是盛世之宴上的舞蹈和秀

在地幔之下，那里必将有一场
暴动和哗变，兵谏的队伍，赤眉赤发
沿着大地深处的经络，一路逆流而上，从窄道
和罅缝冲出
洪水决堤，铁炉炸裂，火，八方来火

遇岩石熔化岩石，遇冰块就把它煮成沸水
让所有沉默的不再沉默，加入这只不安宁的队伍

终于，岩浆推开大山之门，火山开口呐喊
紫烟、岩硝、尘埃和爆破的声音
从山巅冲下，铁流劲旅
纵横恣意，裹挟一切挺进
一定会遇到断悬，决绝的蹦极而下
一定会遇到海水，点燃海水让其爆炸

火山，火山，

一个新生的开始。一个死的结束！

火山口上苍狗白云

火山口下呐喊阵阵

火山只有假寐，它绝对不会死

书院谈诗

做人先从下联开始，工巧无须太甚
喝茶先从天台开始，显露无须太多

我们谈谈诗歌吧：先从蜂蜜水开始
加上一点柚子皮的碎屑，余味全是苦涩

我们谈谈下半生吧：先从午后开始
加上一点黄昏的切片

即便夜幕辽阔如神
也只是惊险人生的小部分

最后，中山四路将我们寄走
而孤独像是背影，喜欢上了我们

窗外

窗外响起悠远的口琴声
加重了我的幻灭
一个浑身雨露的人
走进蓝色的地图里
所有航线和轨迹
都在抖动
我们铺展着辽阔的素页
奉节的山是一把灵魂的镇尺
赶在滚雷之前
重重地，落在我的念头里
我窗里的空村
被响器预先安抚了内心
所以一面磨砂玻璃
也能在人类妄谈爱情的时候
静静地，捕获村中的闪电

我愿意居住在这样的帽檐

上天将帽子做成纯白的雪山
落日搬迁到它的边沿
我也在这里，惊险地建造云中居
如泰山允许我在一顶白帽上
编织新的十八盘
我也愿意在最后一级阶梯上
做你灰喜鹊一样的香客
帽檐从上午到暮晚
一直在提升着自己的海拔
所有那些愿意居住在帽檐的小风
都在接近山巅前撤退
在四个方向，所谓苍茫
是一种生灵的形体，也居住在帽檐
确乎被我们看到了
虚无和爱，都是可以互相触摸
和互相转赠的物质
匍匐而上，我们对这些看不见的
重于泰山的非物质，一遍遍命名
却不敢轻易叫醒她们

凝神

这一刻我想起我的母亲，我想起年轻的她
把我放进摇篮里

那是劳作的间隙
她轻轻摇晃我，她一遍遍哼着我的奶名

我看到
我的母亲对着那些兴冲冲喊她出去的人
又是摇头，又是摆手

目击道存

阳台的铁栏杆上有一坨鸟粪
我没有动手将它清理掉，出于
对飞翔的生灵的敬意
我甚至愿意
把它看成
铁锈上的一朵花

寄托

种下的三棵黄瓜，现在每天生出卷须
白天它朝向阳光，临近傍晚
它便缠上了枝条搭起的瓜架
它是如何感知到这瓜架的存在呢
而且，它会像绕弹簧一样
盘绕起那卷须
我知道，终有一天
当我在冥冥中感觉到一种存在
而它为你所证实，我将想起
这天然的美，这精神的现实性
它看起来多么不可思议

更年期

踩着落叶般的曲子跳一个舞
那个漫长的、无休止的夏天就结束了

灯光渐柔渐灭，就像话音四散时
想到从前的一句话，却没有
想起说话人的名字和一朵什么玫瑰的芬芳

多露水的早餐，一棵娇嫩的琵琶树苗
与多云的黄昏时树皮与树皮间的夫妻生活
擦拭调色板收拾画笔，人各自
艰难地爬上画架退回到一块画布

话的意思明白了，却又明白了一次
就像在浓雾掩映的过江轮渡上东张西望
双腿发软，眼光微弱地停在甲板的椅子上
就像再读一遍从前的信函
在发黄的，近乎哀泣的光线下

重返人间

我们飞到了一个机场
一样清洁得过分的国度
那时间天空与大地
同样干干净净仿佛有透明感
四周密集的行人安安静静
那不是美白且安装消音器的
那是一种惊奇，也仿佛
某场景唤回了动物的失忆
那种久远的古代或未来
2017 年 8 月 21 日一大早
在人行道上，在一丝不苟的
黄色盲道线旁边，我看见
有几枚硬币散落在那里
那钱币上的图案是陌生的
币值我当然也一无所知
但五六枚大大小小的
很有点好看地散落在那里
让我一眼瞧见宛如见过两次
我张望了一下四周，就去
捡了起来用餐巾纸包上
我是不该捡起那些的
那些闪烁的金钱，干净得
让我觉得浪费了洁白的纸张

王找和佘小谜

年前我们在“格林湾”等位
我们一男二女一共是三个
我看到了服务员余小谜
我在楼梯口勾头读她的胸牌
她正告我说：“不是余，是佘”

也是那天有个老同学托我
给他的亲戚小婴儿取个名字
我推脱了一番没有推脱掉
便琢磨后把“王找”“王壹男”
通过 QQ 发给我那同学却不料
被否了，说是要有草字头

我把这两个名字通过微信
送给老家写小说的女的邹君君
她欣然笑纳，我也如释重负
我不想我费了脑筋的名字
附着不了一个能呼吸的实体

我知道来年或若干年后的中秋
当我蹒跚在中北路东亭地铁口
把观察月亮的眼睛转了过来

会看到王找（其实是壹男）

背着画板，向我兜售一幅习作

我认出画中戴草帽的佘小谜

存在与时间

一直是这种遥远背景
离开河岸的形状
在影子集聚的反面，迅速展示
天空已延伸到我们设想的边缘
这种暗淡状态所包括的细节，每一次都隐含着
巨大的变化，同样可以
在光波照耀的过程中感受
暴雨将临的低沉
比石头更深的层次，在我们身后

游移的光线，风与这水波的停顿
始终趋于透明
贯穿着两个方面的终点
那内在的差异，已是我们另一番重复的
耀眼景象，两边的树影同时在隐蔽
融入雾中的白色
飘散在鸟群之上的白色
只是视线被我们全部转向其他事物的瞬间
而一些继续升腾的尘烟
又被水的光芒射出来，仿佛自身设定的
困境，阻止着那些时间
也时常陷入距离接近的障碍之中

开始面对的影像，与这断裂的色彩只成为

其中的暗示，使我们看不到更空旷的场面

怎样为耀眼的树叶

布满阴影

与空中沉降的寒气

浮现在整齐的平面上……

存在与空间

他们的影子透现在那个河岸
持续围绕着，这水波隐蔽的幽深部分
也在树木倾斜的瞬间
从另一面形成
彼此相隔的黯淡光色，对同样事物的
反复设想，以他们面对的这一刻
暗中出现变化，如那个影子
向前移动的最初形式
被他们时常保持在身后的透明景象，全部遮掩

此时，只是水的颜色
深入他们视线两端
又在远处暴露的深暗背景中
急速后退，这一束虚无的斜线
仿佛光照中突然扩大的蓝色边缘，抵御着自身
那个时陷时现的变幻过程
也同时接近
他们投射水面的反光
昏暗中，他们仅仅凸现那个更大的轮廓
使这水波散落的痕印，进入
更寂静的
暗处，空气的不断扩散，已开始

转向那些树叶低垂的遥远景物，那个
空旷中异于返转的巨大形影
也在他们的整个范围之内
改变，这些薄雾般上升的耀眼形状
像风从夜空发出的啸声，一直延伸着
他们那个影子重现的背面……

水 域

暗红色的沙丘虚构了整个情形的重现过程
大风从开端分割着烁亮的沙砾。
水，成为一个内在影像最外在的部分
你在看见它的时候已经离它更加遥远，渺茫
在这黑暗的转换中，仅仅有一种声音
被你扩展成天空的深渊
能隐含其中的死亡，并阻止火焰的光芒
被你同样的形式凝固在平面背景中的设想
只有这个时间
形影是看不见的
布满内心的空虚和倾斜的云层
一粒细沙在水中的擦痕

潮声涌动

何以心灵计划，去看看，那捡烂柿子的人
潮声涌动

大海从来就没有方向，爬桅杆爬到日落
石矾水浮上来，旷朗发声，爆破一个个水泡的
哑鼓
你来自前景的款待，更远处更难以想象
你四目如常注视，在尽头还有何处

那些在石窗前拥抱的人用惊叫发光
十指缠满水草，也夹杂铁丝网之旅
你仰望空中那未曾被敲破的蔚蓝玻璃
目光刺入轴轮

而那削薄的迷圈的胸肌，呼叫带着迸喊
烂柿子带着鼓声满天飞
你吃上一顿潮声，灵魂饱胀了前生后世
唱歌唱着不发光的颂歌：吉祥要忍让的

那闪现的，又从光中隐去的人，是挑选剩的
眺望中归回的雁阵赶着犛车赶着旷世的航向
你听潮声如是警醒，耳洞内热泉涌出
何以心灵带着蜂巢之墙滚烫涌出

呵，暖流

你那暖融融的身子，两个身子，合成歌
歌来唱歌

手挽住更多的臂膀，第二支河流
天堂的软心肠，天堂那边的沙滩，两个人用歌声
漫步
咸咸的、稠稠的，你未听得出幻景
灼热的，血也流出来唱歌，你是那边来的人

你讲话的歌你身子上的河流暖流
四海皆四边圆形的兄弟，人人赠送轮子草
那闪着金亮光的沙砾涌动如此艰涩
唱高贵的歌

你是那边来的人，带着苦难的契约
海变成花的海洋而河流还是河流
你不讲话，不唱歌，抠着壁灰
抠着心肠内天堂的歌，两支永远的暖流

呵燃烧的灰，你只是刈草喂羊的人
你怎会是那样的人身上带着河流暖流闪着光
光带着所有的草，长在心肠上
两个人拥抱着窗到天明唱着燃烧的歌

你带上美好，来吧

怎能来为着美好报仇，你是一把钥匙吗
转动着光

玫瑰花开的店，挤满为爱肇事的人
双脸目人，挂炭炉人，来为一天的到来堵窟窿
你讲的，为获得到来的爱，讲放弃伤害就放弃
你放弃的，讲歌讲得尘迹变神迹，多么美

别学抹墙灰匠那样蛮干得自由自在
野蛮鸟把天空站成二排，俯冲如是凶器
把载草车洗成曙色的鳏夫大口吸烟
转动着光

载草把草载成鱼，暗火焰的家世
每一棵草都握有开启大海的钥匙
你握住草，就握住广阔，不再有弱小
有爱，不再有弱小，所有的美好都嫁给野草吧

都来吧，带上未被拥抱过的窗，认光作父吧
狗尾巴草变玫瑰花鳏夫脚上的黏土变旷野
你来为弱小报仇，从此不再有强大
原光带着未被萤火虫睡过的松针转动

瑜伽

冥想的力量驱赶了身体的黑暗
我学习一只幼鹅。她进入我体内是前年的事
她的柔软，她的弯曲
一直贴着我的身体，好像要把我从骨头里抽出来

我害怕我会折断，其实我已经获得了幼鹅的灵性
在我生活的光圈里，我摇晃着步子
踮起脚尖，拿头撞击冥想的水面
我想我会掉进湖里，我确实掉进去了
但我没有淹死，我获得了幼鹅的解救

她弯曲的脖子救了我，救我于焦虑的生活
就这样弯曲，就这样持久地置于宁静的湖面

我发现幼鹅扇动想象的翅膀，而我的想象也跟着
一张一合，今年我得了冥想症
我得了幼鹅病

在清晨幼鹅的第一次晨练中，我拍动水波
推开柳树与石桥。我快速整理我的羽毛
把头插入清凉的湖水，我看见整个世界都弯曲了

白鹭

它们从宋代往南湖宾馆这边飞，
一路上丢下鸣叫、粪便与带血的羽毛。

戴棕色斗笠的杜甫遇见赤脚的屈原。
屈原的灵魂站在水里，杜甫弯腰致礼。

白色的衣袍，瘦削的脸，屈原个子不高。
我所见的杜甫是那只疲倦的白鹭。

忧伤小于忧患

大家跳上木船，有人差点碰到鱼的脊背，
有人心里晃动，从发呆的面容可知片刻的失常。

马上又恢复了彼此信任的交谈：
“范仲淹的才气大过一个小国，但是——
杜甫的忧伤还是小于范仲淹的忧患……”

湖畔

树上有风的黎明
也有鸟的黄昏
身体一旦变得紧张
笨拙，再好的下午
也会被膝盖所误

从公园敞开的长椅走过
有的人在跑步，有的树
在散心，草追不上一阵风
湖面捂不住胸口的湿热
堤岸弯曲，如同冬天的模样

山坡羊

你看到的和我看到的一样
长风吹过两千年的时空
在牧马山的草间回荡
一只羊藏在冬天的身体里
像一截不动声色的接骨木
在杂草中收起嘴唇
张望我们每个人的表情

冬天把寒冷交给荒草，荒草
把体温交给山坡上的一只羊
辽阔的原野，古风吹拂的山冈
即使飞机把山坡的睡眠搞丢
羊也得在草的挽留里走完过场
我们每个人都可能在草的路上
遇到这只羊。一只吃草的羊
缩短了我们和蓝天的距离

叹息

是的。一笔画不出两根线条
也拾不起散落一地的核桃
喇叭声势浩大，推远山的背影
也只是放大了夕阳的瞳孔
天地相交的那条线
该是世上最长的线
这条线上，有縠皱波纹
有峭壁千寻，有雪泥鸿爪
也有小桥流水，可起降飞机
可停靠舟楫。唯独骆驼
在沙漠的虚线里走成弧形
水的方向就是门的方向
青花瓷的故国一身烟雨
习惯性甩起水袖隔岸观火
只是眼睑的睫毛过于复杂
看不清迎面而来的敦煌
如何抛出飞天的彩练
在城墙上留下懋朴叹息

石头，剪刀，布

一个古老的游戏：石头、剪刀、布

石头盘踞江山。有时是农夫，是卒吏
危崖上端坐着皇帝，似一块磐石
他不轻易出手
睁一只眼，闭一只眼

布取自桑麻，是去骨的流云
裹在皇帝身上，是龙袍，翻云覆雨
有一道诏书，挟雷霆之声，也是一块布

剪刀是隐形之物，一般不拿出来示人
有时在石头上磨，剪出一条捷径
有一块布在皇帝身上待腻了，跟剪刀密谋

一种新的制度产生了：石头，剪刀，布
相互牵手过一座独木桥
人世间它们互为深渊，流水睁着眼睛

一个人去魏晋

是深秋，一个人从云端借来马匹
驮着两坛陈酿
怀揣古琴，他要去魏晋
向一个赤膊打铁人学习琴艺

在衙门坐班三十年，烟回命，酒回魂
白纸上黑字，一会儿吹着东风
一会儿吹着西风，未有定论
挣脱枷锁，打马过江西，离魏晋一千里
酒吧里，何日君再来，仍是靡靡之音

逆水而上，到安徽，打铁声逐页翻过来
炉火旁，竹影倒在溪水里狂草
见七八个人口吐白云，都是吃素的
个个面黄肌瘦。琴声里千军万马
在一张草纸上嘶鸣

打铁人也不正眼瞧来客，问一句
何所闻而来？丢下一块烧红的烙铁
原路折返，江山老去两千年
马蹄多了两副铁掌，骨头越来越轻

暮色

群峰渐渐矮了下来，落日挂在树梢
像一朵暮霭里藏身的菊
一群麻雀扑落田野，炊烟升起
层层加深的墨色淹没山峦、庄稼和村舍
它们需要片刻的休憩
河水披着星光走向远方，人间悲欢
来自它自身制造的动荡

敬亭山

诗。酒。

都在夜光杯里泛着泡沫

我不想追寻李白的脚印

读厌了的是诗

读不厌的是你

远看黄山

高处的山顶，石头在燃烧
灰烬在成为灰烬之前
发出乌黑的咽气声
火焰像刚刚熄灭
又像还未燃起

西 递

透明的雨水和白色的雪
在砖墙上抹出
黑色的痕迹

祖母从墙中走来
穿着古木编织的衣衫

所有我爱着的都不是我的

我爱着的树
也被你们爱着
我热爱的秋天
也同样为你们所热爱
这世上的美无人会摒弃
我们都有爱美之心
当天上的云掉进水里
水中的树重回天上
你的一个笑容
足以照亮我一生的贫瘠

你爱着的世界我也爱着
但这世上没有什么是我的
秋天的叶子落了，秋叶
不属于天空，它的归属是泥土
它就是泥土本身——
当我用目光抚摸眼前的大树
它用沧桑皱褶的躯干
供养过所有的叶子
现在它孤身一个
像我一样，把手臂伸向天空

远古的情人

我从前爱过的人
出现在梦中
他骑一只大白鹅
从水面飞过
水面的残荷
被他惊扰
将它们衰败的头
更深地垂下
他的胯下有风
有昨日的风
手上有尺牍经卷
写满史前历史
他凌空而来
如伏羲之子
挥动阴阳八卦经幡
这远古的骑士
从鹅背上飞身跃下
当他抓紧我的手
他就变成了牧羊人的子嗣

他处的乌鸦

我的眼睛里住着两只鸟
一只是乌鸦，另一只也是乌鸦

住在我眼里的乌鸦不是他处的乌鸦
它们身在此地，不知他乡为何物

它们每天清晨大声呼唤彼此
啄食我眼里的光，饮那里的露水

那些露水，还没流出就成了咸的
所有的异乡人都能看见

咸咸的露水滋养此处的乌鸦
让它们的翅膀有了他处的光

乌鸦的喉咙里长出我的翅膀
飞往他处。弃园有光，星空笼罩

请不要爱我罢，你们该爱死去的人
怀念他们，像怀念异乡的咸湖

古道：炼狱之门

古道　我以迷茫的脚印
与你浪漫的诗句对话
破坏脆弱的平衡
炼狱——
　　死和猥亵的一道彩虹

穿破犬狼勾起的原始层
营造自己的一块净地
奥拉，让我们避开最后的锋芒
拯救死亡的呼声
迎迓黎明的前兆
角逐人生的歌喉
最终得到一枚分币
我将为你加冕
带着我的“O”之血型
滑翔着你的舞步飘风而去
飘向辽远的野性和迷茫

于是，一切伟大与柔美
垒起又一座狂乱和图腾
在太阳的濯洗下
融进凝固的血红色落日

荒原：哀伤的眼睛

哦，人啊
你悸动着离去

荒原在寂寞的花树上
刻满哀伤的眼睛
让尖厉的往事永远刺痛她
温柔的心房

构筑历史的重荷
发情的季节鼓荡母性饱满的双乳
抖落星空溢满的岁月的哀愁

创造恢宏，呼唤爱情

哦，你呀生与死的洗礼和雕塑的巅峰
在旋转的花纹里俯冲
在腥风血雨的流离中上升
踏进历史混浊的眼睛

山之旅：意象的恋歌

有一座山在我意象之外
化为无数幽怨的瞳孔

于是，我转身而去
——火焰、欲望和创造的精灵

轻轻叩响你的门　使你
在惊恐和最后你的希望中猛然苏醒

让血液澎湃哀痛
让神的灵肉在连绵的山体断裂面
留下不同的颜色

哦，山之旅
期待你啊——我意象的恋歌

第六辑

日常生活写作

像样的爱情

一起看花的两个人或
两个人一起看花
并不是同一件事
譬如说杜鹃花开了
失火的山谷里并不见救火的人
两个人在火海中不知所措
你看我我看你
越看越觉得此生可惜
这样的爱谁不想要呢
这样的爱至死不见骨灰

作物的秘密

白菜的邻居永远是萝卜
青椒的周围是苦瓜和豇豆
丝瓜走亲戚路上会遇到葫芦
我兄弟领着我
一会儿像地主
一会儿像奴仆
松树看见他拎了把斧头
荆条看见我拿了把镰刀

红桦树

娥嫚沟的尽头有两棵红桦树
在摆脱了其他树木的纠缠后
它们越长越像红桦树
这两棵天荒地老的红桦树
早晚都等候在天池旁
沐浴在天荒地老的喜悦中
除了它们，没有人知道
娥嫚沟的尽头在哪里
没有人能像红桦树那样
与天荒地老为伍

河流的两岸

河流的两岸相互平行
河的这边是条公路
河的那边是面山坡
河这边的人
要到河那边去
（他为什么一定要过河呢？）
只能坐河岸边的那条小船
小船从河这边出发
顺着河水划向对岸
河这边的人大声喊着
河对岸那个人的名字
河水静静流淌
河水带走了两岸

从南宁到平南的路上看见桉树林

雨水是没有故乡的
他们愿意
落在任何一个地方
而桉树则不一样
雨水落在桉树的身上
桉树也没办法
桉树一动不动
桉树让雨水落在自己身上

在山顶

喝酒是昨天晚上的事情
欢喜也是
清晨的浓雾中
深藏苦涩
翠绿的树叶在风中摇摆
腐烂多么耐心
一切都会降临

岛上日暮

傍晚的落日和飞鸟
在树林中相互倾诉
低低的田野里，白面鸡
从藏身之处探出头来
仿佛在知识的家中开窗透气
又一头黄猄，在小心翼翼
悄悄走过了桉树和橡胶林
一阵风拂过了窗外的树梢
又轻轻拂动着屋内的窗帘
远处的公路上，一辆快车刹车停住
一只灰尾巴的松鼠，嗅嗅空气
完美地弹跳着越过了公路
大海在更远处为接骨木传递着潮湿的水汽
一只野雁飞着，脖子弯曲着
像一根旧拐棍，扫过永远不会落雪的天空

队伍

父亲走在前面
儿子走在后面
走在最后面的是母亲
他们构成了一支小小的队伍
虽然隔得很远
我也知道他们在
边走边说着什么
他们的头顶上
柳枝与柳叶形成的树荫
快乐地晃动
这样熟悉的队伍
也会形成于其他的季节
其他的地方
只是队形倒了过来
母亲排在前面
儿子排在中间
父亲紧紧地跟在后面
他们低着头
一点一点地向前行进
他们的眼前
金黄的麦穗
闪着明亮的麦芒晃动
刺眼的光线打在他们的身上
他们的脸上闪着莫名的羞愧

这里的一切

这里的一切都很慢。猫死去
在树林中悄悄腐烂，汽车
缓缓地下坡，人们坐在树荫下
太阳直晒，情书和遗书
都尚未写完。一切都被减速
唯有草和豆角，快速生长
唯有哭声和雨，戛然而止
没有什么东西需要被打断，没有
什么需要被抓住，人们
不会追赶你，不会笑你。如果
你想打发孤独，就让自己
更加孤独，如果你遇见一个人
就和他擦肩而过，下一个仍是
这里的人死去，亲人们都不哭
也不笑，都不怨恨时光
都平静地盼着天黑
等着一生赶紧过去
这里的植物永远都不会凋谢
哪怕是用回忆的海水泡着
天空永远在下雨
为永不会到来的死亡而下雨

赞美

当爱化作一阵喘息然后消失，

你不能赞美石头，

尽管它们理解这一切并拒绝向任何人说出。

赞美喘息吧，

生命在此阶段重组长出新的身体，

以迎接爱的入驻。爱经常在额头上来回踱步，

留下足迹成为美的最高形式，

赞美足迹——

它们将爱与美同步显现，

你可以平静如石头，赞美其中的喘息。

自传

我没有童年，出生于我的青春期，
我的老年是他唯一的私生子，
但他从未叫过一声父亲。
或许他们是兄弟，
都曾被二锅头灌醉却一个劲儿
说对方先倒。
我比他们任何一个都醒得早，
清扫秽物打开窗子，
兄弟，这个早晨
真的像你当年试着端起酒杯抿了一口。

一次爬山记录

一场暴雨把小溪从麓山深处拧出来。
两小时后我独自站在半山腰
某块石头上，
看着溪水向山脚下飞奔，
大约不到三分钟就已沉浸在它的欢呼中，
感觉另有一股溪水沁凉透着绿光
从我头顶经过。突然一个抖动，
以至脚下的溪水和头顶的溪水瞬间
在鸟鸣声中会合，
身子随即拐向右侧被一对无形的翅膀斜拉着
穿过林荫。当我喘着气缓步登上山顶，
感觉头顶上的溪水正在
奔向一朵被众多目光死死盯住的云，
那一刻，我沉浸在雪白无声的欢呼中未敢挪步。

那时我们是真需要彼此

我们站在屋檐下
看姑姑家刚生产过的小母狗
瘦瘦却舒展地
卧在干草窝里
失去所有孩子后
她正慈爱地
奶着一只
饿晕了的流浪猫
这对跨越物种的母与子
奇妙地相拥在一起
回家路上紧紧
牵着手的我们
手心都出了汗
那天我们是真的
需要彼此

微信朋友

常有陌生人发来
添加微信好友的申请
看他们的头像
便知都是微商
一般我会忽略不管
今天面对一张化了浓妆的
网红脸
我却心动了一下
差点通过了她
她的申请留言是
“你妈妈的梦想是希望你好”
而我的朋友圈封面签名正是
“我妈妈的梦想是什么？”

爱情

等红灯时
旁边手拿大葱的男人
对抱着西瓜的女人说：
“你知道什么是爱情吗”
女人还没接话
男人就得意地
给出了答案：
“爱情就是两个长得
像黑猩猩的人
都长成那样了
还紧抱在一起
啵啵啵地亲着嘴儿
生怕有人把其中一只牵走”
我忍不住转身
两个都穿了黑 T 恤的男女
正哈哈大笑着
露出两口白牙

愿望

找一个新的地球住下吧
那个地方不举行葬礼
我们像草一样躺下
又像月亮一样升起

一匹马

我爱过

让一些雾进入过身体

在大汗淋漓的夏日

孕育出一匹马

这匹马自然是这世上

最好的马

可每一匹马都不属于它的母亲

就像星星照亮夜空但不属于地球

无题

我的影子是我的鞋

它们替我亲吻

我不曾爱过的土地

飘在天上

我是我灵魂的搁浅之物

好似一艘船

如今已远离海岸

父亲追随而来

我在清晨离家回京
太阳已经出来了
照着地里的庄稼
它们绿色的叶片
像一个人的呼吸
我坐在车上
看到故乡向后退去
突然我看到
父亲骑着自行车
追随我而来
自行车高大
父亲显得有些吃力
他向我挥手
喊我的名字
但我听不清
他说了些什么
太阳晃得我眼睛生疼
也晃动着父亲
向后退去的身影
十年过去了
有一次梦中
父亲骑着自行车
还在向我呼喊

船上的孩子

我们那儿
有人把孩子拴在船头
孩子们并不痛苦
童年的欢乐
在河水中晃荡
船上的孩子
走上岸后
像鸭子
走路摇摆
与我们不一样
直到有一天
我看到其中一个孩子
纵身跳入河水
推动一条木船
像一个水手
我也踏上了
他的木船

少年之死

他来自船上
我见过他
一个健壮的少年
常常在操场奔跑
后来就不见了
过了好久
我才得知他死了
他是怎样死的呢
一个少年
在河中挣扎
他一定呼喊过
但我们都没有听到
我们在玩耍
欢叫声大过了他的呼救
他吞下了浑浊的河水
他的嘴唇
最后被河水灌满
他乌黑的头发
被河水慢慢淹没
我们谁也没有
看见他最后
挣扎的时刻

我的脑子里

却留下了他

离我们而去的情景

朗诵会

在朗诵完普列维尔的《公园里》一诗的当晚
他吻了她
自始至终
他都把这短短的
几分钟的吻
当成是永恒
只是，地点不在蒙梭里公园
也不在巴黎

叶尔羌河滩

河滩上的卵石在发光
白昼下，我远远地看见它们
当我重新打量它们时
它们是黑色的、白色的、浅灰色的
那是我来到了它们中间

产 物

艾略特是《荒原》的产物
如果这个说法成立
我尚属一个半成品

我爱的事物那么小

我不爱吃饭爱喝酒
不对，我不爱喝酒
爱胡言乱语
也不对
我不爱胡言乱语，爱
一个人走在街上
不对不对
我并不爱走在街上
哪怕在深夜，没有劫匪
我其实爱杀羊宰牛
不对啊，我不爱刀子和血
我爱的是无所事事
又错了，总是错
我不爱无所事事
不爱梦见小时候
不爱路边花开
我可能爱乞讨
跟陌生人要一两毛钱
买烧饼上的芝麻
是的，这次差不多了
我爱的事物那么小
谁都能一口吞掉

雨后街头

夕阳那么好
刚下过雨的乌云
那么好
水坑里树的倒影那么好
一个骑在父亲肩膀上
手舞足蹈的孩子
那么好

红绿灯里的小人儿
也停下脚步
看着黄昏的路口
夏天离去
全部的水都已落下
马路干干净净
谁都应该去走一走

在虎林园

在东北虎林园
司机不断推销死亡
一只鸡八十
一只羊一千二
还有套餐组合

车外撕咬的老虎
哪里知道
它们每天吃的
不过是游客的
好奇心

天空无迹，鸽子已经飞过

在我们头顶倾斜的蓝色天空上
一群鸽子正飞过无尽的苍穹
震颤的空气里，有一股清流
引导着我们嘈杂的念头涌向平静
它们好像一直就在不停地飞
银匠只是把它多余的部分打薄了
我试着和它们达成一致的梦想
唯有飞行才能获得自由
鸽子把自己当成了信使中的英雄
全力以赴飞向空茫和虚无
它们的双翅收藏了人世的黄昏
却让我们的暮年静止如冬日
群山依次看旧，鸽子已经飞过
天空无迹，一片脱落的羽毛
在大地上留下了颓荡之美

唯有燕子贫贱不移

再过几天，春天就要来了
望气的人，终于长舒了一口气
嘱史官记下，蛰虫始醒
尘埃静止，万物之心萌动
着日乡绅可迎出东郊
南风吹活了周遭的湿气
云的苦闷，在山腰缓缓解开
乍暖还寒，你要记得春捂添衣
万物都小口地呼吸
生怕惊扰了神灵的秩序
一个冬天的憋屈
哪怕是细微的悲喜降临
都能唤起怀春之心
昨日傍晚，见燕子檐下低徊
找他们去年恩爱的旧巢
此情可待，叫人不觉垂泪
我的灵魂已不再追随苍鹰
唯有燕子贫贱不移
即使飞在低处，也高过了殿堂

雪夜，暗流不息

江水永逝，不舍昼夜
她不断从赴死中活出浪花
即使有一朵，必先葬于内心
她也不会停止对人世的诵读

严酷的寒冬正深
她偶尔会在冰雪的腹地滞留
然后，又埋头奔向未知的余路
是因为不老的青山仍在
像青春的旋涡卷起山谷的石头
是穿肠而过的，永不停歇的暴雨
劈开了胸中块垒

不是所有奔腾的河流
都能挣开大地的束缚
也不是所有高大的灵魂
都能摆脱生活的平庸
但她汹涌的暗流永不平复
即使冬天一再拖沓
她在冰雪的压迫下仍无比欢畅

那是来自大海的欢畅，从此一条河

将背着两条河的债

就像一个人，过着两个人的生活

一个在雪夜访戴，不遇而归

一个在雪夜，上了梁山

古典的蘋

即使是白天的遍地阳光，这里的景致
依然叫潇湘夜雨。天色向晚，烟雨氤氲
才是梦一样的小岛最打动天下的时刻

潇湘奔腾不息。选择春天的佳期它们合二为一了
从此，它们的每一天都是新的
只有蘋，永远是古典的样子，与众不同

院子里的桂，年年花开。这些出身书香门第的长辈
第一次开花的时候，我祖母的祖母
含苞待放，还没有当上母亲

紫鹊界梯田

这些爱美的豹子，它们的穿着
比老虎还时尚，永远有时光的美学潮流

在云端里小憩的时候，它们才肯交出身体里的软
路过的春天，误把它们当成草木的
柔情，山水迷人的一部分

风吹过，群峰抖动
火山爆发之前，常常有这样的征兆

海是有生命的翡翠

我所看到的大海真的有生命。翡翠
正以液态出现。它有磅礴的美，令人震撼

内心光芒涌动。它的柔软
有与生俱来的舞蹈功底，不知疲倦
风试图切割它，总是徒劳

我犹豫着迟迟不敢下水，生怕自己的鲁莽
会伤害到一块玉的纯粹与完整

从此，我将彻底改变对玉的印象
和田。岫岩……那些传统意义上的品种
那些所谓的人间极品，在海的面前
显得多么零碎和小气

在青岛疗养院

疗养院临海的廊架下
长椅安静如黄昏之脸
我坐在那里，闲听大海
单调又复杂的波涛
邮轮在远处无声无息驶过
像一艘飞船在海面悬停
一阵风忽然吹来
廊架上的紫藤花便纷纷撒落下来
激起一阵小小的紫红色风暴
我还从未有过这样的经历——
无所事事
心底却滚过沉闷的雷声

长椅

我说有这样一条长椅已足够
有太阳照在这条长椅上已足够
有带盐味的风从海上吹来
吹这条长椅和坐在长椅上的我
已足够——
我不需要什么道路
我走过的所有道路都使我疲倦
也不需要什么未来
呵呵，生命的未来啊
一想到这两个字……
就看到远处的轮船隆隆驶过
冲浪者，一会儿旋上浪尖
一会儿又跌入浪谷
我钟情晚年的平静如少年钟情激越
一条长椅可以坐一下午
一条长椅也可以坐完余生

夏日清晨之诗

我写下早晨，夏日，然后把它吃掉。
写下一滴露水，太阳，太阳未升起之前，
然后把它吃掉。
窗外，持续又间断，此起
又彼伏的蝉鸣，然后，把它吃掉。
不免想起昨夜，西湖，鸣翠湖，以及
夏夜的星光，星光里漏下的，咒语。

我在星光下确实默诵过一首诗吗？还是
我把那首诗连同星光，也已经，一起吃掉？

现在，我写下这些，你们称之为诗，
我写下的，陈尸于此，未写下的
和写下又删除，记起又忘却的，
也早被我一起吃掉。

耳朵：多余者

在嘈杂的大街上
我的耳朵像两片寂寞的秋叶
想念光，害怕风
还是草地上的小路亲切
宁静，像嫩芽腼腆地探出头
蹦蹦跳跳的一只野兔，唤醒了我的童年

阳光挟持了所有的声音
小草的淡然收留了我的苦痛
远处山坡上，牛羊在青草上留下记忆
把牧人的目光搅起梦幻的期待
我走在心头的蓝色花园里
那些梦在圆拱门后，静静守候

停下脚步，丢掉耳朵
沉寂的河面上，陌生人浮现
一棵枯树从水里看到了过去的自己
此时，世界是多余的
人间不幸，随鱼儿潜入水底
水草温润久远的记忆

崇左时间

向右拐，崇左的路牌
以迎接故人的表情注视陌生者
鱼鳞般的云，阳光更明亮
一座座大山，从大地里探出躯体
巨型庄稼，让村庄心甘情愿地渺小

山路，如小河一般柔软
闲适的风，卷走了所有的声音
甘蔗满怀甜蜜
垂落的叶子，如言语的睫毛
谁的双脚，留下太极鱼一样的印痕

没有鸟儿的天空，满怀喧闹
向上的沉默，畅饮人间的私密
一棵树，因为森林而孤独
真正的空旷
在黄昏的那张脸上

空镜子

一面镜子，从来没有属于自己的东西
空出自身的所有，留给世界的广阔
想从镜子里看到什么，取决于置于何处
一双不是眼睛的眼睛
容纳万物，又任由万物游猎
可以自由导演的梦境
只是不知道，声音是一种怎样的存在
无论周围如何狂野
镜子安然地注视，沉默地接受一切
把世界掩埋于明亮里

像自己对自己一样的忠诚
镜子是灵魂的一部分，或者
从不隐藏情绪和美丑
把镜面对着白墙
一个犯错的孩子受罚面壁
不要试图偷窥镜子在想什么
看到的只是偷窥者的表情，还有
房顶上孤独的吊灯
那些透明的玻璃，不是镜子
可以看到时光，但看不见远眺者的面容

镜子破碎，世界依然完整
每一片镜子独自拥有世界
重新拼接，镜子与世界都布满伤痕
一只猫在镜子前，观察里面的猫
和自己玩耍，又是在与一只猫玩耍
里面那只猫，应该也有自己的生命
千万不要全神贯注地盯着镜子里的你
生活经不起追问，自己的眼睛
最能向自己出卖自己
你与镜子之间的空白里，人生在隐形地告白

夜晚，镜子会不会记住白天的故事
活在镜子里的岁月，最终会走向哪里
我看着镜子里的我，很陌生
常常会看到许多亲人，很熟悉
镜子让我拥有许多，但无法抚摸
这世上，哪里有空镜子
我需要一面空镜子
我想知道空镜子里究竟有什么
空，历来都不是一无所有
具象密实的存在，或许才是空镜子

中秋夜月

我的人生已是由圆而缺
老父亲早已化为尘土
母亲也是风烛残年
我是他们的血脉
故乡月夜的种子
在这月圆的中秋之夜
一定漂泊回故乡的夜空
去烘云托月

酷夏

太阳也渴了，
伸长红舌头，
像我家的狗狗。
把门前小河里的水，
一天一天
舔瘦了。

识鸟音

老家在山村
山上林木茂盛
画眉、布谷、阳雀、竹鸡
或清脆、或婉转的一声声鸟鸣
穿越映衬翠竹的窗户
唤醒又一个黎明
近山识鸟音
阳雀子叫了，又该准备春耕
布谷鸟叫了，秧田抓紧平整
猫头鹰在夜晚哀叫
又有一个人将永别山村
母亲最盼听到屋后泡桐树上
喜鹊喳喳的欢叫
她等待听到亲人归乡的足音

在海门，兼致卞之琳先生

一群寻觅故居的人来到江边。江风浩荡
废弃的铁锚。隐没的粗大的铁链。伸向江心的
嶙峋的防浪石。没有人敢试探平静江面下的潜流

有人梦见过自己在做梦吗？明月高悬
看风景的人在桥上驻足。无眠的人推开高楼上的
窗棂
见江水如新染的布匹，垂挂于深不可测的夜空

白鹭

这是滨江的一个造船基地，六七只白鹭
在厂区草坪上优雅地踱步，不时张望着
即将远航的极地探险邮轮上翻飞的彩旗

我在江汉平原的稻田、荷塘、楝树下见到的白鹭
与这里的没有什么不同，仿佛它们是顺江而下的迁徙者
但它们似乎更瘦小，更轻盈。当我

在巨大的钢铁森林中，在橘红色的铜墙铁壁间
仰望蔚蓝天空的时候，我渺小的身躯里容不下浩叹
我的诗不饱满，不坚硬，不能在烈烈长风中岿然不动

不能像一片白鹭的羽毛，被这片江海润泽过的土地所收纳
异乡人懂得水里的微笑[1]，寻寻觅觅的人总是一步一叩首
像这些白色的精灵，从不慌张，也无聒噪

①出自卞之琳《道旁》。

在余东古镇

剧场是一个活的隐喻：古镇
一出被保留的折子戏。化妆室已关闭多时
海报上的墨迹已滴答过几重檐雨

有人在地下掘出甘苦兼备的双井，有人
在老桑树上架起细长的竹篙，篙头上飘摇的猩红塑料袋
不像是驱赶飞禽，仿佛在召唤江风与海风的会聚

我们在石板路上鱼贯而行，想象着
石板下甬道里躬身行走的幽灵。抬头是瓦松苍翠
何人知晓这无根之草主气血畅通，疗火疮，治百毒

泰安桥头的那对石狮子被弹片削去了半截脑袋
只耳竖起。桥犹在，就有人离去又返身
低徊于扬帆之处，那已改道的运河

将进酒，给鲁布革的诗

我们谈论八年的世事茫茫，其实我看到的是老
在他没看到前，它们更老。
飞走的虫鸟转眼又飞了回来，不易察觉
一块花格布铺在酒桌上，让我想起偌大的街道
不过是小隐是大隐
犹如入无人之境，所以不谙世事。
她坐在木椅子，说很少的话，像这个下午仅有的安静
雨声铺天盖地而来
佩有玉石的素裙子，依着空气降温
树丛里开着小花，对面的景物
低矮，我们继续走
晕头转向，步履飘忽，遇到河流和墙壁的围困，也没说出什么
夏天在缓慢消逝，他还在灯笼下摇晃
和树木交换气体
“我的曼陀罗我的心肺，今宵醉卧何处
我的芒果我的命，美丽的女子转身而去。”其实他
什么也不需要。
我和鲁布革，彼此走得很远，又相逢于彼此
我感到安慰
他在左边，带走性欲和经书，风吹草动，必舍天下。
在尚书吧，靠门的那面墙里，人影嘈杂
醉眼睁开，恶丑的人夸夸其谈，这无关紧要

可以摔门而去。我开始相信

即使一群人，到最后也是孤僻的。

大雨还在继续，那么浩浩荡荡，而我身边的座位是空的

去留一无所牵，并且，得失两不相欠

如果还有必要，白酒再上桌，干了干了

愿此生不虚度，愿白发隐藏于王冠的刑期。

乡村酒馆

只有向晚的风色，吹动了麻布窗帘
梦见黄金盔甲沾满尘土
显得低调，房间的门在后方孤独地敞开。
在鱼群般的乡村日子，可以左右逢源，少年永不流浪
那些线条多么柔滑
有木质的气味
我在栅栏的里面走动，草地稍微泛绿
花灯笼越过封闭的楼顶，这眩晕的一瞬。
摘取半叶虫鸣
旧友安坐林中懒洋洋地袖手旁听
或是私密
或是聚会
或是独自一人摁灭烟头
我不说那些重叠的影子，我不说踩着了灰
只需要些酒，轻微的醉，在我走远的时候
“他们迁移至此，过着与世隔绝的生活。”
迷惑于瓷器清亮而微微的战栗，然后我想起了她
有时她消失，有时重现我的眼前
她有柔软的苍耳
她戴上幼年的花草环
在更细密的云雾
粗壮的树木成排成排，被她用旧爱恩准了时间。

大雨滂沱

清晨我看到山峰低垂，绘着褶皱，在刚刚踏上的山上
那些龙眼果子穿越树荫下，凉在光亮的旁边
小虫子越飞越低。
怀中的梦境轻如湿漉漉的花草
像是有人听见花草之音，胸怀豁开。
在我微微走神的时候，她们继续采摘龙眼
大雨滂沱而来
美人被擦亮了，易于呼吸
她说美，美也是远离。
雨越下越大，看样子没有停歇下来的意思
我白等了一上午
她们静静缩成一团，互相依赖，散发着淡淡的甜味
眼前的山路有过多的延伸
云朵形状的手推开门，那些较大的空白和寂静一闪而过。
旧的童年不尽如人意
她们的身子随着树枝游动，手中的木槌轻微向上
充满了可能的曲折
大雨倾覆了满山树林，万木萧萧
或是被人形容的，果子纷纷落下来，偶尔露出马脚
在空中变形，自然的奇迹
我在大雨中无暇顾及暴力的空茫
除了目睹，如一个人被抛弃于孤独的星球。

一个人出门远行

升腾的欲望使一个人变轻
使一个人从日常生活的杂念中
飘起来，像歌德，从书房出发
追随“光辉的女性”
二〇一九年八月，星期三
在北京西站，他排在九个人后面
路漫漫其修远兮，他焦急
他背着一捆荆棘和秩序的铁钉
为买一张去往雪山之巅的火车票
掏出了但丁的身份证

谒李白

专程来到李白墓前，悼念他
但是，没有哀伤
甚至兴冲冲的，像一个饮者
来到深永的酒窖旁
甚至跃跃欲试，如一盏灯
找到了中心发电站
双手交握绕行三周，之后默立片刻
好像酒杯就已经斟满
一千升血液和六千个汉字也接上了电
离开时，春风吹着几株含笑和樟树
我注意到那盛唐般的碧绿，那峻爽的摇动
我注意到，乘坐汽车越过滔滔长江的那一刻
我另外骑着一只抹香鲸

积雪

一些马变成了五花马
花园和草地放松了神经和羽绒
那些树那细高个子的男人
有些懒散，把果实揣在衣兜
食指和拇指捻着往事的线头

密色瓷杯，红茶半满
端在手里但不喝
渐渐变成了三十六度
正好与体温是一致的
哦，又想起她，想起她
黑发向后梳，脖子和额头洁白
在对面
玉一样安静地、明亮地坐着

昨天落下的雪还有一些
勾肩搭背的少年正在过天桥
细密的栏杆像睫毛，一闪一闪
这时候抬眼看看远处，是的
紫禁城上面，露出了湛湛青天

鹿

在一面白墙的正中央
昂首

把活着的美带到死后
滴溜转的大眼
不为调和的灯光
所动

树杈形的茸角里
血早已流干
形同虚设的威风
仍代表雄性

白墙如一把巨斧
砍掉脖子以下的肉身
竖起的耳朵里
依然灌满着风

美抹平血腥的记忆
视网膜上的流云飘走
鼻孔里的气息凝固一起
紧闭的嘴恪守沉默

面壁而立，我多想

施展一种魔法

把白墙变成草地

再画下一条河流

让鹿循着逆流返回林中

冬日遐想

枯枝是世界的关节
在寒流中冻得咯吱作响
生锈的山变得越来越远

天空酝酿着大雪
它想涂白褪色的一切
包括红河和黑海

饥饿的鹰在空中盘旋
它发出的叫声却不是唯一的
因为梦中还有轰鸣的雷声
和划破夜幕的流星

房檐下的冰柱越发尖利
仿佛蓄意着谋杀
半空中的梧桐枝上
那空荡荡的鸟巢像要散架

冰封的湖面现出流云的原形
它同时又是一面镜子
与太阳对照
凝固的流速里

鱼儿们眨动着眼睛

废弃的老井冒出热气
井口旁的老柳树上
拴着锈钟的铁链已长进树中
它哑默经年的钟声
被收藏进年轮

寒风的利爪想撕破一切
它徒劳的爪痕在窗玻璃上
留下一幅抽象画
那是离我最近的风景

作品二号

一个词浮出水面
雪也未曾飘落
鸳鸯——一对优雅的名词
游动在河中央
光秃的柳丝
像晾干的粉条垂下
任寒风摆布

两扇窗彻夜交谈
仿佛长明灯
寻找死者的脸
话题围绕
流星的行踪和天空的重量
包括拂晓
太阳喷薄而出的
狂妄和血腥

钟声响自西郊山中
树林掩埋的寺院
千年石阶跫音悠扬
尼姑与和尚
模仿菩萨

微闭着一双幽深的眼
向西飞去的人字形雁阵
中途改变方向

山麓小道的峭壁上
有人用四川话念出李白的诗句
古老诗意穿越
褪尽色彩的斑驳壁面
诗里的嘉陵江
——一声不知所终的长叹
仍以盛唐的流速
在峡谷回响

我在万物的腐朽中

我在万物的腐朽中
首领啊……
我在万物的腐朽中知道一切都不过是一场风的
假定性真理

那您为何要在尘世建筑这必朽的万神之殿
难道为了那美丽的审判时刻
我不恨你

饮冰第七

如君所言。这些剩余的米和菜。
也是好吃的。宝镜就立在二楼。
借着光，我要偷走你很多年。

蛋糕是塑料的。柚子茶太甜。
你刁蛮。我只好喂你以狂放之舌。
在淑椒的辣里

——卿卿。

我们摇动骰子。在不会受伤的
历史中，互相赞美了一下午。

饮冰第十二

好了。谈判结束了。
南方有暴雨，北方雷鸣。
没有人把梦游的合同当真。

因为水波上的名字是假的。

所以我执着每个夜晚的归来盟约
消失过很多年——

在浮世的杯盏
没有什么比你看我的眼神更不朽了。

淬火

我看见她小心地
把手伸入
矿井
八百米
一千米
还要更深的土层
触到硬的矿脉
直到再也走不动
黑的、沉默的
铁一样的冷光
岩石般坚硬
我看见她
小心地敲击
矿石　捡选
黑的、沉默的
闷的、铿锵的
听它们在隧道里
发出轰隆隆的
响声
我看见她捡起一块
黑的、沉默的
重的、结实的

曾经的烈焰
烟火的纹理
幽闭的灵魂苍老
睡意蒙眬
我看见她手的温度
将矿石唤醒
钻木取火的耐心
点燃、还原
将烟变火
星光四射
而我最想看见的
是她如何
将火种
从地心取出
以一种洗礼的仪式
完成淬火
再将亘古的疼痛
揳成纸上的
一枚枚
铆钉

后山

后山的杏花
开了
我还不能
分辨它的
五瓣
粉白
正如没有你的
这个十年
血仍奔流在
赭色的树干

推杯换盏
谈话间
后山杏花已落
这个片刻
我唯恐漏掉
和错过
那么多的春夜
流沙一般
放它过去
从手心

是的

后山

我还不能距一朵花蕊

太近

它的香气里藏有

我的灵魂

箴言

爱你最爱的
也爱你最不可能爱的
爱你的亲人
也爱那把你当成敌人的人
爱你的父母
也爱别人的父母
爱爱你的人
也爱伤害你的人
爱赞誉你的
也爱毁谤你的
爱给予你的
也爱剥夺你的
爱你的孩子
也爱他人的孩子
爱生
也爱死
爱那个向你乞求的人
也爱那个背身离去的人
爱甜言蜜语
也爱喧嚣与唾弃
爱灵魂
也爱肉身

爱初放的焰火

也爱尘埃里的黑暗

爱喜悦给你的

也爱苦难给你的

爱黎明

也爱夜深

爱人

爱万物

爱等了一冬开放的花

也爱终老百年枝叶落尽的枯树